U0726894

传说娓娓道

致美岭南系列

主编 ◎ 刘小玲

编著 ◎ 李晖域　刘惠慈

SPM
南方传媒 | 新世纪出版社
·广州·

图书在版编目（CIP）数据

传说娓娓道 / 刘小玲主编；李晖域，刘惠慈编著. —广州：新世纪出版社，2025.1
（致美岭南系列）
ISBN 978-7-5583-4233-2

Ⅰ.①传…　Ⅱ.①刘…　②李…　③刘…　Ⅲ.①民间故事—作品集—广东　Ⅳ.①I277.3

中国国家版本馆CIP数据核字（2024）第068405号

出　版　人：陈志强
选题策划：钟蕴华
责任编辑：钟蕴华　黄晓彤
责任校对：毛　娟
责任技编：陈静娴
封面设计：高豪勇
封面插图：广州亦可文化传播有限公司
内文插图：湛蓝影视

CHUANSHUO WEIWEI DAO

传说娓娓道

刘小玲 / 主编　李晖域　刘惠慈 / 编著

出版发行：新世纪出版社
　　　　（广州市越秀区大沙头四马路12号2号楼）
经　　销：全国新华书店
印　　刷：东莞市信誉印刷有限公司
　　　　（东莞市南城区亨美水濂澎洞工业区C区）
规　　格：787 mm × 1092 mm
开　　本：16
印　　张：8
字　　数：90千
版　　次：2025年1月第1版
印　　次：2025年1月第1次印刷
定　　价：36.00元

质量监督电话：020-83797655　购书咨询电话：020-83781537

序言

民间传说，且听娓娓道来

　　我们都喜欢故事，小时候听妈妈讲睡前故事，长大了自己读故事，现在还可以在网上听故事。我们听过童话故事、侦探故事、名著故事，但有没有听过民间故事呢？

　　民间故事是由劳动人民口头创作并一代代流传下来的，是人类智慧的结晶，是一个民族文明发展过程中的忠实记录，同时也是人类的非物质文化遗产。民间故事是我们民族先民对宇宙、社会、生活的认识，他们通过传说故事表达自己的情感、态度、价值观。不同民族由于对世界的认识不一样，就有不同的民间故事和传说。当我们阅读中国民间故事的时候，会不由自主地说："我们中国人就是这样的。"那么，中国人是怎样的呢？中国人民勤劳、勇敢、善良、乐观，遇到困难会想办法解决而不是依赖别人。这些品质都可以在中国民间故事里找到充分的印证。

俗话说"十里不同风""一方水土养一方人"。虽然说中国民间故事（传说）反映了中华民族的审美趣味，但不同地方的族群由于气候、物候、生活习惯等原因，在习俗、审美等方面会有一些区别，于是此地的民间故事就会打上地方的烙印。当我们走进"岭南民间故事（传说）"这座"大森林"里，我们遇见达摩、张九龄、伦文叙、孙中山；我们来到广济桥、琶洲塔、罗浮山；我们吃上丝苗米、三月红荔枝、白云猪手……我们惊喜地发现，原来这一切都是有来头的呀！读着这些有趣的故事，我们不断地发出惊叹："我们岭南人就是这样的呀！智慧、乐观、灵活、善良，不畏权势，永远不会对命运低头。"因此，我们在这个"大森林"里挑选了一些特别能代表岭南地域特征的传说、故事，编写成这本《传说娓娓道》，期望这些经由祖祖辈辈流传下来的精彩故事能为小读者打开智慧之门，让他们认识真善美，提高自己的想象力，找到通向成功道路的勇气和力量。

《传说娓娓道》是"致美岭南"系列丛书的其中一本，我们在浩如烟海的岭南民间故事（传说）里精选了三十六篇，分"地灵人杰"（人物传说）、"山川奇丽"（地名传说）、"七彩风物"（风物传说）和"天上人间"（神话及百姓趣闻）四部分，使读者在阅读过程中清晰地了解岭南民间文学的特征，从不同方位去认识岭南文化。

编写《传说娓娓道》是一个重新认识、学习岭南文化的过程，我们感谢丛书主编刘小玲老师的信任以及在编写过程中给予的亲切指导。我们特别感谢广东省民间文艺协会，提供"广东省民间故事全书"系列十多种，让我们能更广泛地涉猎岭南地区的风土人情及民间传说，充实、丰富《传说娓娓道》的内容。我们衷心感谢香港周蜜蜜老师、韶关饶远老师、广州邓利老师、江门何耀权老师等前辈，老师们提供的地区故事让本书增色尤多。

其实，流传在岭南地区的民间传说故事数量繁多，无奈篇幅所限，我们只能忍痛割爱，挂一漏万实属遗憾。我们十分荣幸能参加岭南文化的传承工作，期待在今后仍能继续讲好岭南文化故事，让更多人了解这片土地上的故事。

李晖域　刘惠慈

2023年7月

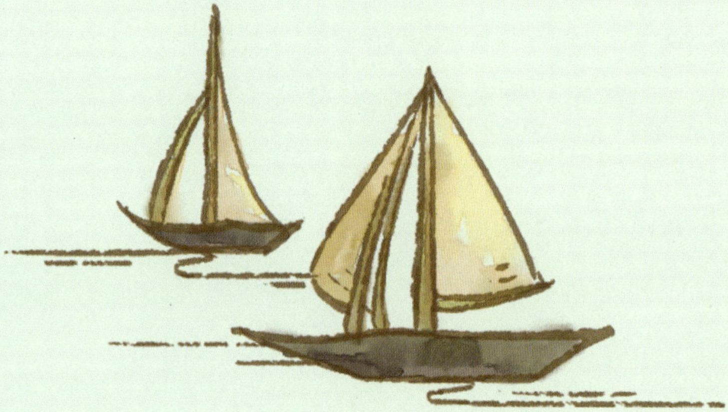

目录

地灵人杰

山川奇丽

七彩风物

天上人间

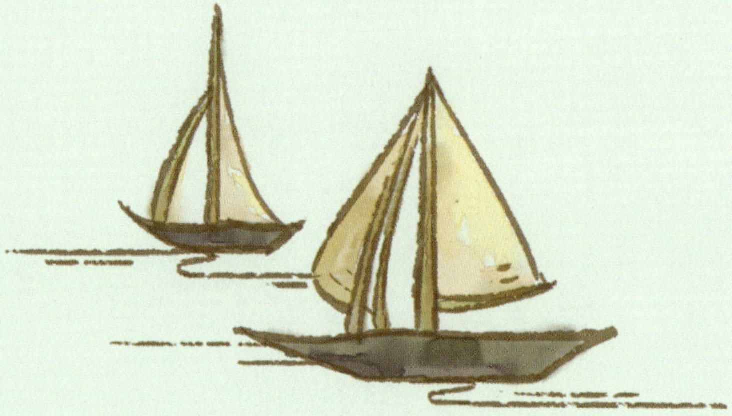

地灵人杰

　　孙中山在小时候拿石头扔向贪婪的清兵，表现出了过人的勇气；岭南首位天才少年莫宣卿高中状元后，一心想让皇帝减少家乡的赋税；黄飞鸿与双目失明的肖昆山师傅精彩比武三回合，真是英雄识英雄，艺高情义重。

　　岭南是一个人才辈出的地方，一代代的良臣名将、先贤大儒都在探索国家富强、民生殷实、文化昌盛的路上用尽毕生心血，他们是我们民族进步的脊梁，是我们学习的榜样。

达摩凿井利苍生

　　佛教禅宗的创始人达摩祖师，生于古印度南天竺，是当时南天竺的王子。达摩祖师倾心大乘佛法，出家后师从般若多罗大师，发愿往东土传法，以度众生。他来到中国后开创了中国禅宗，因此又

被称为"初祖"。达摩祖师与中国的奇妙缘分起源于广州:

南朝时期,海上丝绸之路已现雏形,广州便是一个面向海外的大港口。达摩祖师远涉重洋,在海上颠簸了三年之后,终于到达中国,在广州现称作"西来初地"的地方登岸(如今这里仍留存有"西来古岸"石碑为证),受到广州刺史萧昂以东道主的礼仪欢迎。

带着"开辟禅宗,弘扬佛法,拯救世人"的伟大目标,达摩祖师没想到,他来到异国第一站广州首先解决的就是众生的喝水难题。他在光孝寺挂单(指游方和尚到庙里投宿)的时候,发现水味多咸卤,不利健康。古时的广州与大海近在咫尺,史书记录广州"海流秋咸"，每逢秋冬季枯水期，大海咸潮就会倒灌入广州，百姓只能使用咸水。人们还经常为水争执不休，官府却一直没有作为。达摩祖师参透了这部分人的心理，琢磨出一个办法。他仔细寻遍寺内，最后指着一处说："此地有黄金。"人们听到高僧说此地有黄金，纷纷奔走相告，拿起工具，争先恐后赶来挖掘，一直挖到数丈之深，只见清澈泉水从坑里汩汩流出，而让大家翘首以待的黄金却不见踪影。众人觉得被欺骗了，十分气恼，要找达摩祖师算账。达摩祖师正色道："这就是要找的黄金呀！"此话如醍醐灌顶，人们方明白过来。的确，现在最珍贵的就是水，这才是稀缺的黄金呀。大家不由得感激他的用心良苦。

为了纪念达摩祖师巧妙凿井，人们称这口井为"达摩井"。经历了千年的变故，这口井今天已无从寻迹，有关诗歌却流传了下来。曾到光孝寺游览的清朝著名学者杭世骏，留下了一首著名的《达磨（摩）井》：

> 香厨不逢僧，日落俯鉴井。
>
> 苔瓷含古春，铜瓶乏修绠。
>
> 莫轻尺水波，曾照渡江影。

达摩祖师在光孝寺内还另外挖了一口井用来洗钵，因而得名"洗钵泉"。洗钵泉旁，有一块墨石制的达摩祖师像碑，刻着达摩祖师头戴斗笠、双脚踏着龙背踏浪而来的形象。碑面右方有一行字，上书"大同元年达摩至自天竺止于柯林"。

其实达摩祖师刚到广州登岸不久，在西来初地已挖出一口甜水井。当时他在西来庵弘法授徒，看到江潮倒涌为害，官府不作为，居民生活困苦无奈，于是他仔细观察地形，在离上岸不远处（离今上岸碑大约四五十米），和众僧一起凿井一口。

为了让更多人可以同时垂桶汲水，又不致使吊绳之间互相纠缠，达摩祖师与众僧便设法在井台分出五个井眼，同时汲水，各不影响，井由此得名"五眼井"，在井侧还竖有一座清道光皇帝的御赐石碑。

"南风鹅"巧抗敌

在明末清初的1661年，民族英雄郑成功驻扎在南澳岛，日夜训练水军，为夺回中国宝岛台湾做好充分准备。但在操练的时候，发生了一件奇怪的事：船上总有东西无缘无故丢失，但丢的都是一些鱼肉、青菜等食物。于是郑成功派手下暗中观察，发现来偷东西的不是敌军，而是一个饥寒交迫的年轻人。

这个年轻人是南澳的渔民，人称"南风鹅"。"南风鹅"自幼在海边长大，家里不幸遭遇变故，因此流落街头。但他水性极佳，才能神不知鬼不觉地溜进船舱内偷粮食。郑成功看着小伙子骨骼精奇，本性也不坏，就劝说他留在水军，一来可以解决温饱问题，二来还可以为国家做贡献。"南风鹅"欣然接受了郑成功的提议。

就在"南风鹅"加入水军不久，敌军突然出动大批战船前来袭击。双方在海面上摆出阵势，进行了激烈的海战。当敌军的船只逐渐逼近时，"南风鹅"却发现自己的武器是砍刀，砍刀太短，在海战中无法发挥作用。就在敌军步步逼近之际，他灵机一动，迅速找到了一根长达一丈的帆索杆，大喊一声，将其举起，猛力朝着敌船挥去。那杆子如闪电一般或直劈上下，或左右横扫，将靠近船舷的敌军打得纷纷跌入海中。

杀敌就要乘胜追击。当晚"南风鹅"请求郑成功允许他单人前往袭击敌军。他独自一人，带着匕首和钢凿，潜入了敌军之中。在安静的夜晚，敌军全然不知有人在水下潜行。他悄悄潜至敌军船下，用钢凿打开了一个洞，然后用匕首不停地挖掘，一艘又一艘的船被凿破，最终，敌军狼狈逃离。

"南风鹅"的英勇行为让敌军再也不敢在南澳海域停留。他成为郑成功手下的一名英勇水手，多次立下赫赫战功，深受郑成功的器重。郑成功后来特派人员传授给"南风鹅"更多的武艺。他热爱学习，日夜苦练。仅仅几年时间，"南风鹅"已成为郑成功手下的一名武艺高超的小领队。当他跟随郑成功离开南澳去夺回中国宝岛台湾时，屡次建立战功，深受当地居民的尊重。

伦文叙以才折桂

广东有一种特色小吃名为"状元及第粥"，据传该食品源自明朝的状元伦文叙。伦文叙字伯畴，号迁冈，是明朝时期南海县黎涌（今广东省佛山市禅城区石湾镇街道黎涌村）人。伦文叙自幼家贫，每天挑担卖菜。一家粥店的老板可怜他年幼，于是每天从伦文叙那买一担菜，要他送到粥铺。在伦文叙送菜到粥铺时，老板就会把用剩的材料生滚白粥，再放些姜葱请他吃。几年里，伦文叙每日在粥铺吃粥，对老板十分感激。后来伦文叙高中状元，衣锦还乡时还专程去感谢老板。由于这粥没有名字，老板就请伦文叙命名。伦文叙将此粥取名为"状元及第粥"，并为粥铺亲笔写下牌匾。除了状元及第粥的典故外，在岭南大地上还广泛流传着跟伦文叙有关的其他趣事。其中最有意思的，当属伦文叙成才中状元的历程。

相传，伦文叙天生异禀，他的头颅比一般人要大，所以被戏称

为"大头仔"。他的童年并不富裕，父亲无法供他上私塾学习。但伦文叙的父亲并没有放弃，当他只有两三岁的时候，便开始教他读书写字和背诵唐诗宋词。仅仅不到一年的时间，伦文叙就可以流利地背诵数十首诗词，能写出漂亮的字，还养成了勤学好问的习惯。在七岁时，因为他常常偷听村子里的一所私塾的课，塾师被他的勤奋和渴望学习的精神所感动，破例免费收他为徒。虽然后来塾师因年老而去世，导致伦文叙中途辍学，但他并没有因此停止学习，他一边卖菜维持生计，一边专注于研读经典文化。

明朝弘治十二年（1499），伦文叙前往京城参加科举考试，住在广东会馆。在同一会馆中，住着一位自称"新科状元"的柳先开，他是一个自信满满的举子，背后有官员亲戚赵士德的支持。他甚至在会馆门前张贴了"新科状元柳"的牌匾。伦文叙看到后，毫不畏惧，用一支笔在"新科状元柳"的下方加上两个字："未必"。这让柳先开气坏了，他要求与伦文叙对对联，以证明自己的才智。柳先开自恃文才，写出上联："东鸟西飞，遍地凤凰难插足。"伦文叙不假思索写出下联："南麟北跃，满山禽兽尽低头。"两位才子精妙的对联引来了众人的赞叹。

正式考试的时刻终于到来，两位才子表现出色，主考官无法分辨胜负，于是决定请皇帝出题来选定状元。正好是中秋之夜，皇帝让伦文叙和柳先开以"明月"为题写诗。柳先开写道："读尽天下九州赋，吟通海内五湖诗。月中丹桂连根拔，不许旁人折半枝。"他自信满满，认为他的答案会让他独占鳌头。接着轮到伦文叙，他写道："潜心奋志上天台，瞥见嫦娥把桂栽。偶见广寒宫未闭，故将明月抱回来。"伦文叙的回答巧妙地用嫦娥、桂花树和玉兔来比喻他已经夺得了状元之位，比柳先开更胜一筹。最终，皇帝选择了他作为状元，而柳先开只能屈居榜眼。

后来，伦文叙继续在文坛闯荡，成为一名优秀的考官。不幸的是，他因过度劳累患上急症，于正德八年（1513）秋去世，年仅四十七岁。他的去世令人痛惜，但他留下了一个传奇的家族。他的长子是解元，次子是会元，少子是进士，这使"一门四进士、父子魁三元"的传说得以成真。

小张九龄巧对联

唐朝开元时期（713—741）的宰相、诗人张九龄世称"张曲江"或"文献公"，他出生在韶州曲江，也就是今天的广东韶关，因此在韶关大地上有很多关于张九龄的趣闻。

张九龄自幼天资聪敏，才智过人，相传五六岁就能吟诗作对，当时人称"小神童"。七岁那年，张九龄跟随家人游宝林寺。宝林寺是名寺，香火十分鼎盛，风景秀丽，游客如云。年幼的张九龄被迷住了，看得津津有味。这时韶州府太守率州衙官员进香朝拜，殿前的香客赶忙回避。但张九龄却没有一点害怕，还把进寺前折的桃花藏在袖子里，若无其事地看着太守随从摆弄供品。太守见张九龄活泼天真十分可爱，于是想试试他的才气如何。

太守便问："小孩，你是不是想吃供果？我出个对子，若对上，就给你供果吃。"

张九龄信口道："好呀。"

太守早已看见张九龄袖藏桃花，出了个上联："白面书生袖里暗藏春色。"

张九龄马上接口应道："黄堂太守胸中明察秋毫。"

太守思忖，这小孩不错啊，再考考他。于是又出一对："一位童子，攀龙攀凤攀丹桂。"

张九龄思考了一下，一抬头，看着面前三尊大佛像，便应："三尊大佛，坐狮坐象坐莲花。"

太守和随从均惊叹：此子日后定非等闲之辈。

张九龄拿着太守赏的供果去寺庙后院玩，被一个和尚看见，以为他偷吃供果。张九龄说是太守赏赐的，但和尚不信："你凭什么

说是太守给你的？"张九龄诉说原委。和尚好生奇怪，便让张九龄说出太守的对子。张九龄念道："一位童子，攀龙攀凤攀丹桂。"和尚问："那你又是怎么应对的？"张九龄灵机一动，说："我对的是，满寺和尚，偷猪偷狗偷青菜。"和尚一听下联，不禁心头一惊，拔脚要追太守去说个明白。

太守已走出寺庙，和尚匆匆追赶，最终迎上了太守。和尚生气地告诉太守："这位小童对了你的上联，说'满寺和尚，偷猪偷狗偷青菜。'太守啊，你可要查个明白！"

太守被张九龄的聪明反应逗笑了，他赞赏张九龄的机智，便对和尚解释道："供果的确是我赏给他的，他没有偷吃。我出对子是想考考他的才气，没想到他聪明过人，应对得当。这位小童天资聪颖，日后必成大器。"

和尚听了太守的解释，也明白了事情的经过，他为张九龄的聪慧而赞叹。太守与和尚一同回到寺庙，将供果再次赠送给张九龄，对他说："小童，你的才华和聪明真令人刮目相看。今日之事，将来必成为佳话传颂，愿你前程似锦，成为我大唐的栋梁之材。"

张九龄谦虚地接受了太守的赞美和祝福，心中也明白了自己应该好好修炼才华，将来为国家和社会作出更多的贡献。

叶挺团长枪法妙

　　大革命时期，地主梁锡赞纠集了几千民团土匪，疯狂进攻高要岭村的农会，由于农民手无寸铁，耕牛农具被洗劫一空。当敌人正要向其他村庄继续扫荡的时候，国民革命军第四军独立团团长叶挺率部队赶到，三两个回合，便将敌人打得落花流水，从此，叶挺的名字如雷贯耳。一天，不知是谁先说起叶团长要亲自到岭村成立农民自卫军，消息很快传开，众人纷纷猜测叶团长的模样，有人说他像张飞一样勇猛，有人说他像赵子龙一样威武，更有人说他像黄忠一样老当益壮。这个谜的谜底在1926年年初被揭晓。

　　那天清晨，阳光明媚。山上的吊钟花开得特别红，枝头小鸟唱得特别清脆，全村男女老少都收起被劫的忧愁，像过年一样穿得整整齐齐，举着"欢迎叶团长！""欢迎革命军！""农民协会万岁！"等五色三角旗，集中到村前的开阔地欢迎这位他们朝夕盼望的"大贵人"。

忽然一阵风吹来，大路上尘头起处，一位穿草绿色军装的军人，骑着一匹高头大马驰骋而来，眨眼间这位军人已来到村前。只见他扣紧马缰，一跃而下，群众像潮水般涌上去，争相问道："叶团长马上就来吗？"这位军人没说什么，只是频频向众人点头挥手致意。

一位童颜鹤发的老人挤开人群，来到这位军人的面前，睁大眼睛，由头到脚，从左到右，看了又看。只见这位军人二十多岁，身材魁伟，威严英俊，高高的鼻子，一对浓黑的剑眉，笑起来嘴巴圆圆的，牙齿白白的，一举一动，威武大方。这位老人握着他的双手，激动地说："长官就是叶团长吗？"

"小弟叫叶挺，你好，老伯。"

听到叶团长的回答，老人比捡到金子还欢喜，他骄傲地向大家说："我不是早就对你们说，叶团长像赵子龙一样，是位白马将军吗？"一时间，全场轰动起来了，老人们竖起了大拇指，小孩们跳起了欢快的舞蹈，妇女们交口称赞。

只有一个小孩好像对刚才发生的事情一点也没看见。他那双圆圆的小眼睛盯着叶挺的手枪和战刀，一声不响地用那双灵巧的小手摸着这两件新奇的东西。

"这是什么？"

叶挺闻声转身，发现了这个孩子，他一手把孩子抱起来，说道："手枪。"

"那把长长的呢？"

"战刀！"

男孩说："听说你的枪法很准，要打中敌人的头就能打中头，要打中敌人的屁股就打中屁股。打一枪给我看看好吗？"

虽然小孩的声音小，可是每个人都听得清清楚楚，在场的人群立即拍掌欢迎。

平时叶挺对敌人毫无惧色，但这时反而有点难为情，他脸上泛起红晕，谦逊地说："我的枪法不好。"

"我早就梦见你一枪打中这禾秆棚上的木杆了，叶团长，打吧！好让有福气的人能看见你的枪法。"老人说。

顺着那位老人所指的方向看去，只见约五十米远的地方有一个禾秆棚，棚顶插着一根木杆，在杆上扎着一个草结。要打中它，是多么不容易啊！

叶挺见推辞不下，就点了点头说："打偏了，别见笑。"话音刚落，只见他把脸一扬，左脚一蹬，右脚跨过马背，白马叫了一声，前蹄跃起，立即像旋风一样疾驰。

人潮涌动，屏息而观，只见他快速转了一圈，突然俯低前胸，拔出手枪，"砰"一声，木杆上的草结应声而落。

那老汉急步上前，拾起那草结，高声问大家："你们都看见了吗？"

"看见了！"春雷般的掌声，直冲云霄，真要把天震裂。

"好福气啊，全都看见了，全都有福气。"

这时，叶挺下了马，接着老人的说话，和蔼而严肃地说："是呀，我们农民本来就是有福气的，但是为什么我们被土豪劣绅烧了村，抢了牛，弄到无家可归呢？"

有一个叫陈岳的青年气呼呼地抢着说："'五皮（五万块）'也得跟他们拼到底。"

"对了，过去就是因为我们没有武装才吃大亏，今后就应该记住这血的教训，农会好比人的左手，武装就像人的右手，只有两只手都动起来，敌人敢于动弹，我们就像打这草结一样把他打个粉碎！"

这雄壮有力的声音，穿过田野，越过高山，响彻四方。

这时革命军的战士赶到了。叶团长把一部分从敌人手里缴获的枪支送给了农会，经过两天时间，岭村就建立了高要第一支有三十五人的农民自卫军。

岭南首魁莫宣卿

　　莫宣卿是岭南第一位状元，也是我国科举制度时代最年轻的状元，他高中状元时只有十七岁。考取状元后，莫宣卿被任为翰林书院修撰。之后他还乡省亲，但因母亲不愿随他北上定居，所以莫宣卿上书朝廷，请求改委他在南方任职以奉养母亲。莫宣卿的政绩及诗文流传不多，但他的传奇事迹仍在岭南文化史上占有不容忽略的地位，为后人所尊崇。

　　莫宣卿的父亲叫莫让仁，家境清贫，靠着养鸭为生。他的家在一个水沟旁，便于养鸭。据说有一天莫让仁在水沟旁发现了三株黄茅草，这种草的外形与一般野草不一样，莫让仁好奇想摘下黄茅草，却不慎划伤了手指，鲜血直流。夜幕降临，鸭子们回到了家，莫让仁却不见人影。他的父亲和妻子担心了一晚，第二天四处寻找他的踪迹，最终在莫让仁放鸭的地方找到了他的草帽和蓑衣。此时的莫让仁被重重白蚁包围，已然没有了气息。

莫让仁死时，莫宣卿还在母亲的肚里没出生。他母亲因家境贫困，不得不改嫁给南丰的莫及芝。莫及芝是个忠厚之人，待莫宣卿不错，可说来十分奇怪，这个孩子到六岁时都不能完整地说出一句话。当地人更是将他视作白痴。七岁那年，莫宣卿受到一群小孩子的欺负以后，竟然在沙子上写下一首满怀壮志的五言绝句：

我本南山凤，岂同凡鸟群。

英俊天下有，谁能佐圣君。

这种少年壮志、不甘平凡、渴望成功的气派让人们非常惊讶，这时大家才发现其实莫宣卿非常聪明。继父莫及芝便让他与两位异母哥哥一起去读书。

在学堂里，莫宣卿表现出超人的天赋。他记性好，过目不忘，无论什么书都是一读就记得住。而且他学习非常勤奋，手不释卷，所以，他十二岁就中了秀才，从此名扬乡里。

唐宣宗大中五年（851），莫宣卿与同乡才子上京参加殿试。这天，众人来到封川牛头界。日已西沉，雷公又响，天要下雨了，他

们不得不在山界上找间茅屋借宿。茅屋的主人是一对老夫妻，屋里正摆着十来人的酒席，好像要宴请宾客似的。大伙来到屋前就对两位老人说："阿伯、阿婆，我们在这里避雨，可以吗？"

老伯说："不行，我一会要请客哩！"

"您要请客为什么不见有人来呢？"

"等一下，人就要来了。"

"求求您老伯，客人未到，就让我们避避雨吧！"经过再三请求，老伯同意了。但老伯知道他们是上京考试的，就出了一个谜语要他们猜，猜对了才准他们进屋。老伯的谜语是："郁郁弯弯，粒黑粒白，散散修修，重重叠叠，是什么？"这群考生却怎么都答不上，老伯说："既然答不上，就不准进屋！"这时，天已黑，打雷闪电，下雨了，真是进退两难。

莫宣卿跑了一天路程，相当劳累，正在屋外打盹。他朦朦胧胧醒来，听见大家猜谜语是这不行、那不对，就说："你们不行，就让我去试试吧！"他来到老伯面前，说："郁郁弯弯蛾眉月，粒黑粒白似眼睛，散散修修天上星，重重叠叠是书经。"老伯听罢立即笑呵呵说："好，好，这个可以了，答对了。"然后请大家入屋就席。原来屋里摆的酒席，正是为宴请这群考生准备的。

莫宣卿高中状元后，在京任职达十年之久。他棋艺了得，因此皇帝闲暇时很喜欢和他下棋。有一天下朝之后，皇帝又来找莫宣卿下棋。但那天莫宣卿的反应很奇怪，每下一步棋，他都说："将，广东免征粮！"皇帝虽然不理解，但也不以为意。莫宣卿一直念叨，说多了皇帝也不自觉地跟着说："将，广东免征粮！"此时，莫宣卿马上放下棋子，下跪在皇帝面前："谢主隆恩啊！"这时皇帝才发现他的用意，不自觉地哈哈大笑。君无戏言，既然皇帝金口一开，广东从此就免了征粮。

岭南的首位状元莫宣卿，虽然从被当时世俗称为"南蛮"的地方而来，却表现出过人的才智，更是时时显露着岭南人特有的积极乐观的生活态度，因此一直以来他的传说总是让岭南人津津乐道。

包公掷砚保砚洲

从广州沿西江而上百余里，便是肇庆市高要区境内的羚羊峡，在峡下有个岛屿，像椭圆巨砚，伏卧在江心，面积六七平方千米，岛名叫砚洲。砚洲不但形如砚，风景如画，而且还有一段动人的民间传说。要说到这个动人的民间传说，就要从包公到端州（今肇庆高要、德庆等地）为官说起了。

相传，北宋康定元年（1040）仁宗皇降旨，命包拯出任端州知郡。包公领旨之后，便携家眷随从南下，沿途上晓行夜宿不在话下。北宋时期，端州已是盛产石砚之地，由于端州砚石与众不同，别具特色，故人称"端砚"。端砚石料采自羚羊峡口山坑之中，其质乌黑，光洁油润，经砚匠精心制作，加以描龙绘凤，精雕细刻，制成各式各样的砚石，工艺精美，巧夺天工。使用端砚磨墨，砚池里墨汁可保持数日不干。因此端砚名闻四海，被视为奇珍异宝，朝上每年降旨当地要求进贡上品端砚。由于朝廷年年征砚，不少贪官污吏为饱私囊，为加官晋爵，不择手段，假借进朝贡之名，向端州百姓增征贡砚数百。如此一来端州百姓被"砚贡"压得如牛负重，不少人家破人亡，走投无路，怨声载道。端州百姓正处于水深火热之时，幸有救星下降。包公奉旨南下来到端州，清衣上任，微服出访，查察民情，目睹端州百姓饥寒交迫，端州遍野悲声、荒凉一片，惨不忍睹。包公为官清廉，而且秉性刚直，不畏权贵。于是，他废苛捐，减砚贡，除暴安良，治水利，广种粮，救民于水火。

包公任端州知郡，转瞬三年，端州百姓安居乐业，一片升平。一日，包公正在衙中办理公务，突然衙役入报，钦差奉旨来召。原来圣旨下召包公回京，包公接旨后，便打点一切，准备回京。这日包公携家眷随从，离衙上路，百姓闻讯早已扶老携幼，肃立街旁，眼含热泪，为包公大人送行，正是"十里长街人如海，万双泪眼送青天"。

包公沿路与百姓依依惜别，来到江边，乘坐官船沿着西江而

下，途至羚羊峡口，天空骤然乌云翻滚，狂风四起，浪随风生，白浪滔天。船在江中被狂风恶浪袭击，摇晃颠簸，无法前航。船上水手急忙转舵靠岸，抛锚上缆，停泊江边，江上渔船也纷纷泊岸。但是渔船细小，怎能经得恶浪狂风袭击？只见几只渔船在江边翻沉，船翻人亡，哭夫喊妻，呼儿唤母，其境甚悲。

包公目睹此状，不禁同情泪下，继而想到，沿途以来都是天晴日朗，为何至此骤起风云，恶浪滔天？看来定有原因。于是他站立船上瞭望江面，江上浪涛汹涌，哗哗作响，一条妖龙随浪蹿起，张牙舞爪，在江中时起时伏，闹海翻江。包公眼见妖龙作孽，在此残

害百姓，甚为愤怒，恨不能跃下江中，拼杀妖龙，为民除害。包公猛然想起昔日在端州曾把一条孽龙锁于井中，今日何不待我寻找一物把这妖龙镇压于江中？于是连忙转身回船舱里，寻找镇龙之宝。包公四处找寻，仍无所获，后打开衣箱，看见箱里放着一个黄绸布包，他急忙拿起来打开绸布包一看，原来是块石料上乘、制作精巧的椭圆端砚。此时包公降龙心切，无心细看石砚之精优，更无暇查究端砚之来由，他只是想着，此砚出自此羚羊峡口坑峒之中，是"端州一宝"，看来此物定能镇压妖龙。于是包公连忙捧着石砚步向船头，举目环视江面，看见妖龙仍在江中兴波作浪，连忙举起石砚，对准妖龙奋力掷去。石砚脱手似箭离弦，不偏不倚，在妖龙头部打个正着。妖龙被击，一声哀叫，便沉下江去，石砚也随着妖龙下沉，化作一片沙洲，把妖龙镇压在江心水底，沙洲形如石砚凸出江面。此时天空乌云尽散，恶浪顿平，江上渔民纷纷前来向包公拜谢降龙除害之恩。正是"妖除江河静，黎民感恩深"。包公砚压妖龙，为民除却祸害，深感快慰，便命船夫拔锚启航，告别江面上渔民，扬帆回京。从此，"包公掷砚成洲"这个民间传说代代流传，成为佳话，后人便把那沙洲小岛，称为"砚洲"。

砚洲历代村民对包公极为敬重，在清朝道光十四年间（1821—1850），于村上兴建一座包公楼，楼层三叠，壮丽巍峨，楼内敬立包公塑像两尊，供人瞻仰。壁、柱、檐下悬挂着怀念包公掷砚成洲、赞颂包公铁面无私、正直贤明的匾额，楼中各处楹联甚多，有联云："直道清心尚有五言留北宋，按香载石何如一砚镇西江。""片石留名弹怪可校河伯璧，中洲拜像怀贤应傲浩然亭。"

黄飞鸿君子比武

清末，广东崇尚武功之风极盛。当时，广州武馆林立，最令武馆中人信服的要数黄飞鸿了，刀枪剑戟，他样样精通；拳脚功夫，他更为独到。故此，他被人誉为"十虎"之首。黄飞鸿在广州专心授徒，不少武林高手均出自其门下。总之，他名声远播，一时间中华大地上的练武师傅都想来广州找黄师傅切磋武艺，一较高下。

相传在当时香山县（今广东中山），有一位练武师傅名叫肖昆山，人称肖师傅。肖师傅四十有余，比黄飞鸿小几岁，虽不幸双目失明，但他生性豪放勇武，精于拳脚，更善以少击多，从无败绩，也带出不少高徒。香山武馆中人，提起肖师傅都要敬他三分。

肖昆山既已瞎了眼，便常由朋友陪同到县内各处武馆倾谈。他屡闻黄飞鸿所向无敌，因思自己武艺过人，有一会之意，便脱口而出道："可惜肖某盲了双眼，否则一定到穗向飞鸿领教领教。"武馆中人闻此消息，巴不得马上能观赏一下肖、黄的"龙虎会"，于是便将口信传到黄飞鸿友人处。黄飞鸿听此口信，起初不当一回事，后来见肖昆山比武心切，经过考虑，就对别人说："肖师傅大名，早已闻说。但他双目失明，这样比武，是不适宜的。我倒有个办法，可先在地面用灰水画两个方格，丁方五尺[1]，双方各站一个，并以'执筹'[2]为定，'长筹'先动手，'短筹'在后。每人限出三次拳脚，但不允许超越方格。如若肖师傅答允，本人当愿奉陪。"肖昆山闻此，完全没有异议，决定赴广州与黄飞鸿一会。

于是，肖昆山择了个日子，带了七八个高徒，日夜兼程，来到五羊城下，黄飞鸿以礼相待，谦恭非常，并请肖昆山一行临场先熟悉环境，练习武规。翌日正午时分，肖、黄二人正式交手。当时围观群众如堵，武场水泄不通。经过执筹，黄飞鸿占北圈面南，肖昆山据南圈面北，并由黄先动手。只待在场的裁判银哨一响，黄飞鸿便将身一跃，先以"雪花盖顶"一招猛击过去。众人正焦急，却见肖师傅不慌不忙，使了个"老树盘根"的招式，轻捷地躲过，黄飞鸿随即飞起一脚，肖昆山亦用手拨开。最后，黄飞鸿用尽平生之力，打出一个"马面掌"，岂料肖昆山立即闪缩贴地，使黄飞鸿扑了个空。黄飞鸿三次出手告毕，肖昆山丝毫无恙。目睹这样精彩绝伦的交手，观者拍手称快。

---

[1] 五尺约为1.7米。
[2] 即"抽签"。

　　轮到肖昆山，他当即以"姑爷担伞"之势，铁掌向黄飞鸿迎面击来。岂知黄飞鸿胸有成竹，眼明手快，略略施了个"乌蝇弹爪"的招法，就将肖师傅的手隔开。肖昆山急忙将身掉转，猛力使了个"吟钱蹭"，力重千钧，势不可挡，后果难料。但黄飞鸿将脚一摆，换过马步，敏捷避过。最后肖昆山用"蹬鸡脚"低低向黄飞鸿拐过去，黄飞鸿眼快，一弯腰用手就把对方的脚托住，这时，肖昆山三次出手亦已结束，黄飞鸿毫发未损。全场掌声如雷，肖、黄二人握手言欢。

　　肖昆山回到香山后，逢人便大赞黄飞鸿的武艺高超。有人大惑不解地问黄飞鸿："师傅素来功力高厚，拳脚捷疾，何以双目失明的肖昆山竟能一一躲过呢？"黄飞鸿答曰："此人虽盲，但功夫未必在我之下，更有过人之处是他听觉极其敏锐，拳脚未至，便能听到拳风，辨别拳势，躲开或解脱，故此次结果是公平的。"

　　肖、黄君子会武的经过，以及肖昆山"善捉拳头风"之说，在省城、香山一带不胫而走，传为美谈。真个是：

　　　　英雄识英雄，艺高情义重。

　　　　名溢五羊城，香山留余勇。

　　　　拳飞若流星，腿扫疾如风。

　　　　君子龙虎会，千古武谊隆。

小孙文勇惩清兵

革命家孙中山（原名孙文）小时候被大家亲切地称为"石头仔"。相传他曾经用一块小石头惩罚来到村里作乱的清兵，为村民们出了一口气，从而成为大家心中的英雄，特别是小伙伴们都对他崇拜不已。

那天一大早，中山市翠亨村便失去了往日的宁静。数十名清兵在几个官吏的带领下，气势汹汹地闯入村庄。村民们战战兢兢地注视着这些可怕的不速之客，害怕他们侵入自己的家门。

清兵径直来到杨家的大房子前，将整个房子围了个水泄不通。接着，他们重重地敲门，门一开，几个清兵冲进屋子，不一会儿就抓走了三个人。村民们看到被抓走的是杨家的三兄弟，大家都纳闷，不知他们犯了什么罪。清兵将三兄弟一个个绑得结结实实，粗暴地推搡着将他们带走。

大部分清兵离开后，有几个人却留了下来，霸占了这户人家的住宅和财产。这户人家有个宽敞而雅致的花园。园内草木葱茏，荫凉怡人。园中央有一块茂密的草坪，像柔软的地毯一样。村里的孩

子们都喜欢在这个花园里嬉戏、捉迷藏，或者在草坪上翻跟斗、摔
跤，感到无比舒适。然而现在，孩子们的乐园被几个清兵霸占了。
他们很想进去玩，但又不敢冒险，只能站在外面眼巴巴地望着。孙文气得不行，他决定要和清兵们一决高下。

于是，他约上几个同学一起去那个花园。然而，当他们走近花园时，那几个同学突然丧失了勇气，不管孙文怎么劝说，再也不肯向前迈一步。孙文只好独自一人向前走。他穿过一堵破墙，进入花园。眼前的景象令他难以置信：原本整洁繁茂的花园已经荒废不堪，花草被乱踩乱踢，树枝垂落凋零，令人心痛；到处都是垃圾和杂物，脏得让人无法容忍。孙文气得胸口怒胀："这群坏蛋把美丽的花园搞得乱七八糟！"

"小东西，谁让你进来的，快走！"凶恶的声音充满威胁，但却无法吓退孙文，反而让他冷静下来。他站定脚步，冷眼看着这个令人讨厌的清兵，理直气壮地说道："我是来玩的，为什么要走？"

"不许在这里玩，快走！"那人的口气变得更加凶恶。

"为什么不许玩？这是杨家的花园，过去我们每天都来这里玩，现在也不是你的，为什么不让我来玩？"

孙文毫不示弱，让那个清兵目瞪口呆，只好耍起恶霸的作风："什么？小小的年纪，居

然敢教训我。让我好好收拾收拾你！"那人边说边拔出刀子，凶恶地向孙文砍去。孙文见势不妙，机灵地躲开，转身跑到进来时的墙的破洞处，捡起一块石头，回身一甩手，精准地砸中了那个清兵的前额。那人痛得哇哇大叫，刀子掉在地上，一手揉着前额，一手揉着被灰尘击中的眼睛。当他睁开眼睛时，孙文早已消失得无影无踪。

山川奇丽

　　闪闪发光的大礁石，见证了珠江两岸的千百年变迁；琶洲塔一夜建成镇住了海鳌，保佑了一方水土的平安；小黄龙与小龙女的爱情，让罗山与浮山合并到一起。

　　一片山，一串情。这些神奇的传说不仅寄托了祖先们对美好生活的向往，也表达了历代人民坚信通过辛勤劳动就能获得幸福生活的信念。他们的经验和智慧，凝结成了一个个动人的故事，让我们更加深爱脚下这片土地，也照亮了我们走向前方的路。

海珠宝石沉珠江

　　从前，在广州光孝寺的后花园旁边住着一个赵举人，他的祖父是前朝宰相，留下了许多家财。赵举人胸无大志，安于享受。他喜欢古玩，却没有一点真才实学。

　　一天，来了个外国的珠宝商，说要买他家的传家宝。珠宝商在他家里挑来挑去，最后看中他家书桌上垫在玉杯下的一块青石板，长约三尺，宽约一尺，厚半尺。"我看这块青石板很不错，卖给我吧，我很喜欢它。我可以用很高的价钱购买。"珠宝商说。

　　赵举人不由得大吃一惊，心想：这块青石板是我在书房前的洗砚池里打捞上来的，当时见它晶莹光滑，便放在书房里，没想到这珠宝商却说它是宝。我该开个什么价卖给他呢？

　　珠宝商见他犹豫，猜这玩宝人大概不识宝，于是便改口说："你若不肯整块卖给我，可以把这块石板分成三层，我只取中间的那一层，上层、下层的石板还给你，奉上酬金三千元。"

　　赵举人一听不劳而获的一块石板能卖这么多钱，连连点头答应。珠宝商当即和他立下契约，并请玉工将青石板剖开。

赵举人看到中间那层石板，再次大吃一惊，悔恨不已。石板上竟是一幅天然的山河浴日图：上方群山叠翠，树木青葱；下方碧波荡漾，东方旭日，一片耀眼霞光。这是无价之宝呀！

外国珠宝商拿到宝石后，就急忙去渡口（今广州五仙观附近）坐船回国。但船没开多久，海上突然大浪翻滚，把船拖回了渡口；第二次开航情况依旧；第三次开航时，眼看船都快驶出珠江口了，突然一个怒吼的波涛将船掀翻，船连同宝石沉到了海底。相传，是因为这件宝石形同中国河山，南海神将不愿意它流落国外，只好将它沉落海底。

第二天清晨，船只沉没处浮起了一块银光闪闪的巨大礁石，人们认为就是那块宝石了，便叫它"海珠石"，而日夜流经此处的江因此叫作珠江。

如今，广州历史上著名的海珠石早已经成为珠江北岸的一块基石，默默地见证着沧海桑田的变化。

一日建成琶洲塔

　　琶洲塔坐落于广东省广州市海珠区琶洲，靠近珠江，它是一座八角形楼阁式建筑，由青砖砌筑而成，外观有九层，内部分为十七层，总高度超过五十米。琶洲塔是清代羊城八景之一，享有"琶洲砥柱"的美誉。当时广州河南（即珠江以南）东部有三个高阜，地形很似琵琶，故称琵琶洲，又叫琶洲。传说古时琶洲还没有与陆地相连，而是由一只大海鳌背着。这个洲会随潮汐而升降，随水流而移动，因此当地居民常感到不安。

　　有一天，洲上来了一个两鬓风霜、背搭行囊、手持雨伞的老人，行色匆匆，在珠江边行来踱去，像是寻找什么似的。走累了，他就在江畔大青石上，盘膝而坐。

　　当地有个郑大娘正巧在江边大榕树下卖茶，见老人坐在青石上叹息，想这老伯一定有什么心事，不由得产生了怜悯之心，于是捧了一碗清茶送到老人跟前："请问老伯，你从远处来此，是否有什么为难之处？"老人却答非所问，回问郑大娘是否本地人，这个洲近来有没有出现怪事，等等。郑大娘听后，便将琶洲近来随着潮汐升降、跟着流水移动等现象一五一十讲了一遍。

"是了，是了，果然不出所料，是那家伙作怪了。"老人道，"当年哪吒闹东海，曾被一只海鳌捉弄过。哪吒三太子一怒之下，捉住海鳌，将它锁禁在琶洲下，并留下两句偈语：'洲连成片不还家，水干水大吃鱼虾'。就是说，这个洲如果和陆地连成一片，海鳌就永不能回它的老家东海去了。最近它蠢蠢欲动，想趁琶洲还未和陆地相连之前，来一个大翻身，逃回东海去。"老人一口气说到这里，顿了顿，接着说："那家伙真厉害呀，它要是一抖身，洲上的一切便沉入江底，人们便要葬身鱼腹了呀。"

郑大娘听完，吓得心几乎跳了出来。老人建议郑大娘通知当地居民搬离琶洲，以避免可能的灾难。居民们听闻后，感到震惊，纷纷希望老人能帮助他们保住家乡。老人沉思了一会儿，说道："办法是有，但是需要在三天内建成一座塔，把这只海鳌镇压住。而且

要秘密行动，切不可惊动海鳌。"

于是，村民们齐心协力，准备好了砖石、木材、灰浆和沙土等所需材料。第三天清晨，他们齐聚在琶洲上，准备开始建造宝塔。老人站在洲的最高点，俯瞰着江水，仿佛在等待一些特殊的迹象。

当太阳缓缓升起，照耀在琶洲上时，老人面色庄严，开始了建塔的仪式。他先点燃一炉清香，奠上三杯水酒，祭拜神明。随后，老人从他的背囊中取出一副墨斗线和一把金光闪闪的砖刀。他开始一下一下地挥动砖刀，仿佛在指挥着一支无形的工队。砖石、灰浆和沙土神奇地按照节奏，被老人娴熟地组合起来。

　　首先，他建造了宝塔的基座，然后开始层层叠加，每一层都完美无瑕。而宝塔似乎也是有灵性的，伴随着轮廓的形成，逐渐显露出它的宏伟。那时的九层宝塔，青砖镶嵌着琉璃瓦，在晨光中闪烁着金色的光芒。

　　三更时分，宝塔顶部完工，八角形玲珑有致，金光闪闪的宝葫芦放置在顶部。四更时，老人在宝塔上立下一块巨大的碑石，上面刻着建塔记录。最后，在五更时分，老人举行了一场庄严的开光仪式，宣告宝塔的建成。晨曦的第一缕阳光照亮琶洲上的宝塔，整个场面显得神秘而庄严。

　　老人告诉当地居民，这座宝塔将永远镇住海鳌，确保琶洲的安宁，然后便离开了。当时这位老人留下姓名为"鱼日"，人们普遍认为他就是传说中的鲁班师傅，因为只有神仙才能在如此短的时间内建造如此宏伟的宝塔。

　　从此以后，人们将这座塔称为"中流砥柱"或"琶洲砥柱"，以纪念这段传奇故事。

日军惊陷"八卦村"

　　蚬岗村位于肇庆市的高要区，至今有六百多年历史。根据史料记载，蚬岗村在明朝初期建村，村落呈现蚬状八卦形，再加上四面环水，从空中俯瞰犹如一只巨蚬蛰伏在水上。这个八卦直径有六百米，虽然不大但是围了约二十圈房屋。房屋错落有致，从外围

38

到内围每进一圈，房屋数量递减。岗顶作为村子的中心种了八棵古树，对应乾、坤、震、巽、坎、离、艮、兑八个方位。相传这种建村的方法源于诸葛亮，外村人一旦误入村子就难以靠自己的能力走出去。

在抗日战争时期，蚬岗村便发生了一则关于日军被误导的传奇故事。

当年，出于对日本侵略者的深切仇恨，蚬岗村的村民得知日军正运送物资穿越西江后，十几位村民合谋前往西江羚羊峡出口，打劫了日军的货运船只。这一举动引起了日军的极度愤怒。不久之后，日军获悉劫船者是蚬岗村的村民，于是心生报复之念，分成三路突袭了蚬岗村。

蚬岗村的村民听说日军来袭，便马上带着家人躲藏在神坑山中。日军进入蚬岗村后，瞬间被村庄迷宫般的布局困住了，前前后后走了几圈，硬是找不到出路。时间一长，日军开始感到惊恐，从地图上看这村子不大，怎么硬是走不到头呢？日军首领连忙让手下找个村民问路，但村民几乎都躲到

山中了。空空荡荡的村庄让日军更加害怕。

此时，日军的一个翻译官注意到了墙边一个竹箩在抖动。他掀开竹箩，惊讶地发现一个满脸污垢、胡须蓬乱的人躲在里面。

这个胡须蓬乱的人叫作李二，因沉迷赌博在村里臭名远扬，大家都称他为"烂赌二"。"烂赌二"因为输掉赌博而情绪低落，竟然没发现村民在组织上山避难。当他发现异样的时候，村子里已经空空如也，他也找不到地方藏身，只好随便躲在街上的竹箩里。被日军发现的时候，他吓得心惊胆战，连话都说不清。

翻译官问他："这是什么村子，为什么这个村庄看似无尽头？""烂赌二"颤抖着回答："这、这是八卦村。"然而，由于"烂赌二"口齿不清，翻译官听成了"八路村"，以为这个"八路村"是指八路军驻扎的村子。侵华以来，这支日军屡屡遭到八路军的打击，早就非常害怕八路军。翻译官定了定神，连忙再次确认："你说的是八路？""烂赌二"误以为翻译官在问他村里是不是有八条主要巷道，连声回答："是、是、是八路。"他害怕日军听不懂，还同时做出一个"八"的手势。这一幕让日军的军官川野太郎惊慌失措，心想空空的村庄肯定是八路军在村子里潜伏，要把自己的军队围剿。川野太郎于是马上下令叫"烂赌二"带路出村，立刻撤离。

蚬岗村的村民因此逃过一劫。而这支误陷八卦村的日军，据传最终在八路军的伏击下全军覆没。

真爱合成罗浮山

　　罗浮山坐落于广东中南部的惠州市博罗县，有"百粤群山之祖""蓬莱仙境"的美誉。罗浮山共有四百多座大小山峰，九百多处瀑布，各种奇石洞天，吸引了古今中外不少文人墨客。相传在很久以前，罗山和浮山并不是同一座山，浮山是从东洋大海漂来的，在袁宏的《罗浮山记》中就有"罗山自古有之。浮山本蓬莱之一峰，尧时洪水泛海浮来傅于罗山"这一说。

　　传闻在东海中有一座蓬莱仙山，终年云雾缭绕，凡人难以亲

见。仙山之上居住着东海龙王的女儿，是一位美丽、善良又多情的女子。她年复一年、日复一日地与琼花和玉树为伴，感到相当寂寞。有一天，龙女变身成一个村姑的模样，穿着朴素的青衣白裙，手持药篮，头戴草帽，来到罗山采药并散散心。

罗山上生长着各种奇特的植物，每一株都具有神奇的功效。龙女一边走一边采，走了很远，来到了罗山的山脚下。突然，她听到山下传来一阵挖土的声音。她抬起头，只见一个强壮而精力充沛的年轻人，赤着上身，挥舞着一把大锄头，努力地在挖掘着地下的泥土。奇怪的是，每当他挖出一坑时，坑里的土竟然自动填满了。

龙女觉得这情况异常，不由得走近年轻人，问道："大哥，你在做什么呢？"

"我在挖井。"

"为什么要挖井呢？"

"为了拯救人们。"

"拯救什么人呢？"

年轻人抬起头，汗水滚落，粗声大气地说："唉，姑娘，你有所不知，这里已经大旱三年了。河流枯竭，江水干涸，大地龟裂，庄稼枯死，人们甚至不得不相互残害，老鼠都在啃食石头。如果我们不挖井，哪里会有水可供人们饮用呢？"

"但是，你挖一锄头，土又填满了，这样下去永远也挖不成井啊！"

一听到这话，年轻人更是怒火中烧，狠狠地跺了一脚，怒气冲冲地说："哼，都怪东海龙王，他害得百姓受苦。他把所有的兵符雨牌都收了起来，只有他才能让雨水降下来。"

龙女听到年轻人骂自己的爸爸，心中又气又疑，就打听缘由。原来年轻人是南海龙王的儿子小黄龙。小黄龙不忍心看着天不下雨使百姓受苦，便去找掌管兵符雨牌的四海龙神之首东海龙王求助。东海龙王非但不答应降雨，还责备小黄龙多管闲事。小黄龙气不打一处来，便说："你不下雨我就一直挖井，誓要救黎民出苦海！"于是东海龙王施法，让小黄龙挖掘一锄土地便长一锄，永远都不可能挖出井，除非出现"双龙戏珠"，不然小黄龙只会一直白费力气。

龙女被小黄龙的善心所感动，放下了药篮，挽起袖子，拿起锄头，决定帮助他一起挖井。

这真是一件奇怪的事情，一旦龙女动手，土就不再自动填满，每一锄头都有所作为。他们挖到太阳当头，井终于变得非常深，达到了百丈。然而，令人困惑的是，井里却没有一滴水。

小黄龙沮丧地叹了口气，说："除非两条龙一起戏珠，否则就不会有水了。

唉，我们白费了这么大的力气！"

龙女微笑着说："阿哥，我有些累了，也有点热，不如我们去大海里游泳吧。"

小黄龙点了点头，跟着龙女来到了南海。

龙女一跳进大海，瞬间变成了一条白龙，从嘴里吐出了一颗闪闪发光的龙珠，龙珠光芒四射，照亮了整个大海，海面波光粼粼。小黄龙欣喜若狂，高声喊道："哇！你是龙女，你真是龙女！"

随即他也跳进了海里，化身一条黄龙，与白龙一起戏珠，戏得海浪翻滚。他们一直戏到了半空中，再飞到了罗山山顶。突然间，他们扔出了龙珠，龙珠坠入了深井。顿时，井里涌出了清澈的泉水，形成了一股宽阔的水流。这股清流流向干燥的土地，禾苗、树木和小草迅速变得翠绿。百鸟欢歌，人们欢呼雀跃，所有的生灵都获救了。

当天下万物都欢乐的时候，龙女感动得泪流满面。她再也不愿回到蓬莱仙山，而是与小黄龙在井边用茅草、藤萝和竹子搭建了一个简陋的小屋，开始了幸福的生活。

这一切的消息传到了东海龙宫，东海龙王大怒，派遣了大军围攻罗山，抓住龙女和小黄龙，将龙女囚禁在蓬莱仙山的一座孤岛上，把小黄龙用铁链锁在深井的底部。

龙女被囚禁在孤岛上，日夜思念爱人。她的叹息变成了海上的风暴，她的泪水滴入了大海，使海水变咸了。她的真挚的爱情感动了承载孤岛的神龟，于是在一个暴风雨的夜晚，神龟趁着守卫疏忽，悄悄地把孤岛运到了南海，那便是浮山。

小黄龙听说龙女来救他的消息后，兴奋不已，瞬间扯断了身上的铁链，冲出了深井。他们在井旁紧紧拥抱在一起，从此罗山和浮山合并成了一座山。

这个故事在东江一带广为人知，二龙戏珠的舞蹈也流传至今，还有一首古代民歌传颂至今，歌颂了他们的爱情故事：

> 浮山泛海自东来，
>
> 嫁与罗山不用媒，
>
> 合体真同夫与妇，
>
> 生儿尽作小蓬莱。

刘伯温与温公祠

梅州市梅县区丙村的仁厚温公祠是唯一收编在《中国传统民居建筑》的客家围龙屋。据说，温公祠的选址与明朝明太祖年间的国师刘伯温有很大关系。

传说明太祖朱元璋登基不久，一年中秋将至，彻夜未眠的明太祖起床后，把筹谋已久而定下的中秋夜火烧清风楼的计划重新盘算了一番，便早早上朝。百官朝拜罢，他便下旨："如今盛世太平，今年中秋夜寡人与众卿赏月清风楼共庆太平。"既然京都大臣人人有份，国师刘伯温自然也不例外。

古往今来，历代帝王为保住社稷江山，无不费尽心机，明太祖亦是如此。他日思朱家的万年江山，夜想自己的儿子不成大器，叹惜儿子软弱无能，日后难以驾驭群臣，于是定下了清风楼火烧群臣的恶毒计划。

到了中秋夜，明月当空，太祖驾临清风楼，群臣三呼万岁，举杯欢饮，好一派盛世太平的景象。太祖凝神细看，但见满朝文武均无缺席，自是欢喜。然而，群臣万万没有想到，今晚圣上要置他们于死地呢。

太祖环视群臣，想到为自己打下江山军功赫赫的他们，不久将被毒杀，心中顿生怜惜之情，眼中暗含疚意，随即推说身体不适，不胜酒力，先行离席而去。刘伯温何许人也！他心知圣上一向酒量过人，今见他有异样，感悟到将有事发生，细察之下，发现楼底堆藏柴薪，上浇有油，吓出一身冷汗。聪明的他，明白了圣上已有烧楼杀臣之意，趁着戒备尚未严密，偷偷离开了清风楼，仗着对皇宫的熟悉，逃离了皇宫。他知道京城已非逗留之地，便趁星夜出城而去。从此一人之下、万人之上的国师刘伯温，化名刘江东，开始了他亡命天涯的艰难之路。

出城后，刘伯温拟好行程：离金陵，经九江，过吉安，越梅岭，下嘉应，到潮州。有一日走到梅县丙村榄子树下，一条弯弯的小河拦住了去路。夜色苍茫，他举目细打量，河边无渡船，正徘徊为难之际，一人向他走来，及近，只见那人高瘦身材，年龄五十开外，面目和善。而来者也细看这位河边人，虽风尘仆仆，衣衫褴褛，却也掩不住其轩昂之气，于是问道："先生从何处而来？何故在此徘徊？"

刘伯温答曰："鄙人乃路过此地，欲往潮州访友，到此天色将晚，找无船只，故在此为难徘徊。"

来者又问："敢问先生何方人士，尊姓大名？"

答曰："鄙人姓刘，名江东，安徽人氏。"

来者见其言语和善，彬彬有礼，故有意留他，便道："鄙人姓温，本地人氏，家离此不远。如不嫌弃，可到寒舍小住就餐？”刘伯温感谢应允。

一箭之地，盏茶功夫，他们二人已到屋前。闲聊之中，刘伯温得知，温公名景裕，有弟名景祯，乃进士国子监。温公娶妻三室，原配刘氏，继配杨氏、赖氏，共生四子三女。其在丙村圩上开有十几间店铺，祖上又置下二十五顷田产，均交给子女料理。不久酒菜上来，宾主坐定，这时刘伯温已是饥肠辘辘，亦不拘礼，狼吞虎咽起来。他对盘中的“鸡卿”（即鸡腱）连连去筷，咂咂有声，连称好吃。温景裕看在眼里，记在心上。不一会儿，刘伯温已经酒足饭饱，先行告退离席，独自到屋外走走。只见此屋分上、中、下三堂，上堂被屏风隔开，中堂较大，下堂略小，左右各有三横屋，堂后又有二围。刘伯温见状不禁惊讶起来，没有想到在这个地方有如此规模的房屋。

温景裕喜欢钓鱼种竹，当地称之为“竹溪钓叟”，他生性乐善好施，喜结天下名士，琴棋书画样样知晓，尤喜象棋，经常与当地名士厮杀于楚河汉界，邻近州县，未逢敌手。刘伯温亦是象棋高手，二人手痒，摆兵布阵，杀将起来。二人棋艺在伯仲之间，直到三更四点，仍杀得难解难分，便约好明日再战。是夜刘伯温寻思，在此山野村间，居然有此等人物，看丙村地界，山清水秀，人杰地灵，日后，必出将帅之才。

温景裕亦惊叹刘公之才，认为其定非等闲之辈，因此倍加敬重，更添结交之心。他留刘伯温多住些时日，每日好酒好肉款待，并让刘氏认刘伯温为弟，以便以姻亲身份往来，刘伯温欣然应允。

如此，刘伯温乐不思蜀。两人每日天文地理、世间百态，无所不谈。下棋垂钓，游山玩水。丙村花果飘香，风景秀美，四面环山，几条弯弯的小河，汇入韩江东去，阴那山、灵光寺、五指峰令刘伯温流连忘返。温景裕知刘伯温喜欢吃"鸡卿"，席间便有"鸡卿"给其下酒。正是山好、水好、人更好。刘伯温深深爱上了这个桃源之地。

光阴荏苒，秋去冬来，一日，刘伯温在丙村圩上看见一张皇榜。原来，明太祖查刘伯温尚在人间，便召告其回京面圣。他屈指一算，知道大劫已过。离家日久，他也想念起家人来，不觉动了归家之念。一天午饭后，刘伯温便向温景裕告辞，说有急事，要回家一趟，明天一早动身。温景裕见其去意已决，虽有不舍，亦不便挽留。再说，天下无不散的宴席，聚散有定，因此，便应允了。

晚上温景裕设宴为刘伯温饯行。席间，刘伯温一再举杯感谢温景裕多日的热情款待。然而，他在丰盛的佳肴中，却找不到平日喜欢吃的"鸡卿"，心中纳闷，莫非久住令人厌？此念一生顿感酒菜无味，便早早放筷离席，推说是明早要上路，要早些歇息。

第二天凌晨，刘伯温已打点好行装，准备出门上路。走至大门口遇见姓谢的佣人，遂托他转告温景裕，因温公那时尚未起床，不便惊扰，说罢便匆匆离去。

温景裕知道刘伯温要归家，于是，也起了个大早，却寻刘伯温不着，便追问下人。姓谢的佣人转告了刘伯温的话，又说刘公刚走一刻钟。温景裕闻之，便立即吩咐他赶去将昨晚早已准备好的干粮及刘伯温喜欢吃的"鸡卿"送交给刘公。不久，姓谢的佣人在北坑口的战源桥头赶上了刘伯温，说明了来意。刘伯温接过包袱，心里涌上一股暖流，他深感温景裕的深情厚谊。为了答谢温景裕，他从口袋里拿出纸笔，把日前看好的三处风水宝地的地形地貌及来龙去脉绘在纸上，叫佣人转交给温景裕，并嘱咐："日后温姓子孙昌盛，在另立门户时，可在此三块宝地开创基业。"

一个月后，温景裕接到刘伯温来信，方知此刘江东乃当朝国师刘伯温也，惊叹之余感慨万千。

后来，三块宝地均开基繁衍。其中一块乃现今的"仁厚温公祠"。"仁厚温公祠"始建于明朝弘治年间（1490年前后），距今已有五百多年的历史，它规模宏大，堪称世间一绝，分堂屋、横屋和围龙屋三个部分，共有房间三百九十间（由于历史原因现缺八间），东西两侧还有杂屋几十间。

据说某年当地的荷树园电厂动工时，挖出一块刻有"明师刘伯温点建"的碑石，这使得刘伯温与仁厚温公祠的传说显得更加可信。

乾隆微服巡"小澳"

古代信息不发达，皇帝如果要想多了解民情，就得亲自到民间走走，乾隆皇帝就曾经"六下江南"。

乾隆皇帝化名高天赐，带着一个随从微服下江南，在一间客栈与来自广东的捕快方魁相遇。方魁不知眼前的是万岁爷，二两酒下肚后借着醉意，把家乡阳江东平的小澳港大大吹嘘了一番。

当方魁说到"十三行尾"时，皇帝的随从很感兴趣，问道："什么叫十三行尾？"要知道，当时清朝实行了全面的闭关锁国政策，只开放广州十三行对外通商。

方魁其实对"十三行尾"也是一知半解，酒喝多了，信口开河说："那是在阳江东南沿海的一个叫澳仔（当时小澳港也称澳仔）

的小港口，你可别小看这么个名字，那可是一个好地方呀！"

一旁正竖起耳朵细听的乾隆皇帝感到很失望，随口说道："我还以为是什么繁华之地，原来只不过是一个小港口而已。"

方魁接口道："兄台有所不知，这小澳港历来是海上丝绸之路的必经港口，被列为广东六澳之首，商贾云集啊，你不去看一看，怎么知道呢？"乾隆好奇地问："小澳港是否能比得上繁荣的苏杭？"方魁哈哈大笑："兄台，也许你不了解，有一句俗话叫作'小澳赚钱小澳花，未到小澳莫归家'。小澳的繁荣程度可想而知。"

乾隆感到非常惊讶。第二天，他决定亲自前往小澳港，以目睹它的繁荣。小澳港背山面海，景色优美，港口繁忙，商铺林立，令乾隆赞叹不已。他选择入住小澳地区最好的客栈，名为"广客隆"。

在小澳港短暂停留期间，乾隆尽情游玩，发现这里确实是一个充满活力的地方，各种生活娱乐设施一应俱全。晚上，他与随从在酒楼品尝了丰富的海鲜大餐，品味美味之余，乾隆向随从提出疑问："你知道为什么这里被称为十三行尾吗？"随从摇头。

乾隆解释道："看看这里有渔栏、杉木、桐油、盐店、造船、海味、绳缆、苏杭铺、万生堂、酒米铺、饭店、客栈、日杂店，正好有十三种不同的行业，这就是所谓的十三行了。"

随从追问："那'尾'又是什么意思？"乾隆指着酒楼旁边笑着说："'尾'就是指这里还有一些娱乐和游戏的场所。"他继续说道："实际上，这里就像一个大港口，为什么要称它为小澳呢？"

客栈的老板是一位有文化修养的人，他留心到乾隆的不凡举止和言谈，因此对他们的招待特别周到。一天，老板亲自送水到客房，还请乾隆留下一幅墨宝。乾隆兴致勃勃地答应："好，你明天来取。"

然而，第二天早上老板发现两位客人早已离开，只留下了一幅写有"大澳"的墨宝，而签名竟然是当今皇帝！老板吓得浑身发抖，连忙跪地谢恩，然后立刻前往地方官府报告。当地官员才得知皇帝曾亲自造访，于是在澳头建了一座牌楼，上面镶嵌了乾隆所题的"大澳"字样。

得到了皇帝的认可，"小澳"自此以后就改名为"大澳"。这一消息传开后，"广客隆"客栈因为皇帝曾下榻而生意兴隆，其他地方的商家也纷纷效仿，挂起"广客隆"的招牌。直到今天，在广东许多地方仍然可以看到"广客隆"这个招牌。

飞来峡上飞来寺

广东清远的北江在冲出山脉束缚到达平原地带之前，要在峡山穿越最后一段"夹江山峰分水为界"的山谷，之后才能看到"一水远赴海"的景色，这也正是苏轼笔下的"天开清远峡，地转凝碧湾"描绘的画面。此处风景优美，山川壮丽，两岸树木葱茏，如绿色的屏障护卫着银练似的清流，而在北江小三峡核心位置，有一座千年古刹，那就是飞来寺。飞来寺位于距清远市城北二十三千米的飞来峡风景区，是北江小三峡中最雄伟的一座建筑，素以"古、广、美、奇"闻名遐迩。因"飞来"二字足以带来想象中的灵动和壮观，飞来寺成为历代文人墨客笔下的宠儿。如明代的诗人邝杰便写了《清远飞来寺》：

古寺飞来诚地灵，

舟中过客久知名。

四维拥翠峰峦秀，

一境无尘法界清。

塔外闲云横碧落，

门前流水接蓬瀛。

玉环献后人何在，

落日空闻猿啸声。

  飞来寺最为老百姓津津乐道的，自然是"飞来"二字的来历。

相传黄帝的两位庶子大禹、仲阳来到此地，他们为峡山奇丽的景色

所吸引，隐居山中。梁武帝普通元年（520），他们化为游方居士前往远在安徽的舒州（今安庆市）上元延祚寺，希望把这座古寺运到清远峡，在得到僧人同意后，运用神力，一夜之间将这座古寺搬到清远峡山。黎明前，寺庙已在峡山落地生根。庙宇楼阁突然出现，故而声名远播，以"飞来"为名。一夜之间搬来的飞来寺与一日建成的琶洲塔，可谓有异曲同工之妙呀。

古往今来，飞来寺以周围山峰险峻雄奇、寺院圣山灵迹奇妙、佛教历史文化底蕴深厚、流泉飞瀑气势壮观、雾岚云海景色奇幻、山间林木花草奇异等显著特色闻名于世，令世人留下了诗书字画、石刻碑偈等珍贵文化遗产。相传，禅宗初祖达摩、三祖僧粲、六祖惠能、鉴真等高僧也曾在飞来寺留迹。

"飞来"故事最早何时出现难以考证，但这个传奇故事在清远乃至岭南流传甚广，可见其深入人心。

历史上飞来寺于梁武帝普通元年建成后，崇信佛教的梁武帝为其赐题"至德"门额匾，故初名至德寺。建寺之后的几百年里，飞来寺多次得到皇家赐额命名，寺名多次变更。南宋景定五年（1264），宋理宗赵昀为寺庙赐匾额"峡山飞来广庆禅寺"，飞来之名最终确定。

"惠济义仓"百年碑

义仓村坐落在中山市民众镇，这个村土地平坦、河网纵横，由三顷三、五顷三、八顷等十一个围组成，义仓正涌河横穿村子。说起这个村名，有其一段故事。

以前，义仓村乃是汪洋一片，后来才逐渐积淤成陆。直到清光绪三十年（1904）左右，开始有人从番禺、顺德迁居义仓村垦耕，先后围垦了十个围。有一年，一场强台风吹袭，暴涨的河水凶猛地把村子四周的围堤冲溃了。一时间，整个村子浸在水中，白茫茫一片，人们无路可走，有的爬上自己住的茅屋顶，有的爬到树上，有的躲入大船里，有的连人带屋被水冲走。台风过后，村民们辛辛苦苦的劳动成果荡然无存，吃住无依无靠。人们面对苍天，欲哭无泪，叫苦不迭，整个村子一派悲凉的景象。

在村民们痛不欲生的时候，顺德有一位义士来到了义仓村，他选择了村中地势高的九顷围北面，建了一个临时的粮仓，称"惠济仓"，一连十天在这里煮粥分给灾民，还根据各家各户的灾情发放大米，连续几个月的行善，使村民们化悲痛为力量，逐渐恢复了重建家园的信心。

一天，义士将粮仓交给村民管理后便悄悄离开了，一去便无音讯，也没有留下姓名。据说他初来义仓村时，有人问他叫什么名字，他总是笑一笑不愿说。有一村中长者对他说："我们每日见面，总要讲礼貌打个招呼，不知道你的尊姓大名，怎样和你打招呼呢？"他答道："大叔，您说得很有道理，我也不知道您叫什么名字，但我以大叔称呼您，也算讲礼貌了。这样吧，我的年纪比您小一些，称我为二叔行不行？"长者听后连连点头称道："好，好！孔圣人不是说过做人要讲仁义道德吗？你来我村救济灾民，是凭义气而来的，这个'义'与'二'按粤语读同音，一语双关，很有意思啊！"他高兴地说："大叔，过奖了。"

后来，人们为了感谢和纪念这位义士，把建粮仓的地方叫作"义仓围"，把横穿村子的河称"义仓正涌"，把村子定名为"义仓村"，还立了一块石碑，碑上刻有"惠济义仓"四个大字。这块石碑至今仍在，它经历了百年的风风雨雨，岿然挺立，像一尊保护神一样守望着村子，仿佛在祝福村民安居乐业，幸福美满。

仙佛造得广济桥

潮州广济桥，又称湘子桥，坐落在广东省潮州市的古城东门外，跨越韩江，将东西两岸连接在一起。它与赵州桥、洛阳桥、卢沟桥一并被誉为"中国四大古桥"，被著名的桥梁专家茅以升誉为"世界上最早的启闭式桥梁"，也是潮州八景之一。

传说唐代文学家韩愈来到潮州后，为了将两岸连接起来，他请来了八仙与潮州的广济和尚展开斗法来修建桥梁。然而，双方法力未能持续到底，导致中间的一段桥无法完成。为此，八仙之一的何仙姑将手中的宝莲花撒在江上，花瓣变成十八艘梭船，广济和尚把禅杖变成绳子，将十八艘梭船连接在一起。人们为了纪念仙佛合力造桥的功绩，就给这座桥起了两个名字："湘子桥"（以韩湘子代表八仙）和"广济桥"。这个美丽的传说寄托着潮州人对广济桥的美好想象。

历史上，在宋乾道七年（1171），太守曾江创建了广济桥，它最初是一座浮桥，由八十六只巨大的船只连接而成，始名"康济桥"。然而，在淳熙元年（1174），浮桥被洪水冲毁，太守常炜对其进行了修复，并在西岸建立了杰阁，开始建造西岸的桥墩。经过多年的努力，在开禧二年（1206），广济桥完成了十三座桥墩的建设。尽管东西两侧的桥梁已经建成，但中间仍保留了浮桥，这创造了梁桥和浮桥相结合的独特结构。

广济桥经历了多次兴废和修复，明宣德十年（1435），朝廷进行了规模前所未见的"叠石重修"工程。在这次工程完成后，桥上立起了"亭屋百二十六间"，并更名为"广济桥"。在正德八年（1513），朝廷再次对桥梁进行了改建，增加了一座桥墩，减少了浮船的数量，使其形成了"十八梭船二十四洲"的格局。广济桥以其梁舟结合、刚柔相济、起伏变化的特色而著名，是中国古桥中独具特色的珍宝。

七彩风物

　　一粒粒美味的丝苗米，是半叶和尚多年实验的结晶；咸中带甜、肥而不腻的小凤饼来自一位乖巧伶俐的女孩的尝试；南宋皇帝逃难到沙涌，这里的荔枝在三月就熟了。

　　一方水土养一方人，千百年来大自然和劳动人民制造出了岭南特色的物产，充满智慧的祖先给这些物产写上一个个动人美丽的故事，让我们的生活变得更加多姿多彩。

小和尚与"白云猪手"

"白云猪手"是粤菜中流传至今的一道著名佳肴，一个有趣的传说与之相关。

传说古时，白云山脚下有一座寺庙，里面住着一位老和尚和一位小和尚。寺庙后面有一股清泉，泉水甘甜清澈，源源不断。小和尚虽然已经出家修行，但他特别喜欢吃肉。无法享受美味的肉食，他因此常嘴馋。一天，老和尚外出化缘，小和尚乘机溜到集市，买了一些猪手，然后跑到寺庙后面的清泉旁，找了一个瓦坛子，在那里搭了一个临时的灶台开始烹饪。

猪手刚刚煮熟，不巧，老和尚提前回来了。小和尚害怕老和尚发现他违反了佛戒而惩罚他，匆忙将猪手倒入了清泉中。

几天过去了，老和尚再次外出化缘，小和尚迫不及待地来到清泉旁，捞出了猪手。令人奇怪的是，这些猪手不但没有变质，反而在清澈的泉水中泡了数日后变得晶莹剔透，散发着诱人的香气。小和尚将猪手放入锅中，加入了糖和白醋等调料，烹饪后一尝，这些猪手不仅肉质鲜美，而且口感清爽，回味无穷。

之后，小和尚将制作猪手的方法传播出去。因为这道美食起源于白云山麓，后人称之为"白云猪手"。

这个传说还有另一种版本：小和尚将猪手倒入清泉后的第二天，一个樵夫上山砍柴，路过山溪时，发现了这些猪手。他将它们带回家，加入糖、盐、醋等调料后食用，发现猪手皮爽肉嫩、酸甜适口。随后，他将制作猪手的方法散播出去，这道美味逐渐传遍了四方并流传至今。

增城丝苗米传奇

    广州增城的丝苗米闻名全国，这种稻米的特点是米粒尖细、表面光滑、透明而有光泽，具有甜、滑、香的特殊口感。当你煮饭时，就能远远闻到扑鼻而来的香气，而即便不配菜，单单享用这种米饭，慢慢咀嚼也能品味到独特的风味。但遗憾的是，这种丝苗米的产量相当有限。因此，人们一般只种少量，通常留着用于节日或招待贵宾。

    这种神奇的丝苗米是明代末期栖云寺的一位名叫半叶的和尚培育出来的。这位和尚原名廖弘，是福建人，曾中过举人，但因在仕途上不如意而选择出家修行。他最初在万寿寺，后来被住持推荐到栖云寺。除了研究佛经，半叶和尚还对各地的优质稻谷有浓厚兴趣。在栖云寺下方，有一个湖泊，汇集了众多山溪。湖泊边上有一片十五亩大小的水田，是由和尚们亲自开垦出来的。半叶和尚在这片田里进行了多年的实验，最终成功杂交出了这种特殊的稻米。由于这种米形状较长且尖细，他将其称为"丝苗"。

    寺内的和尚们从此吃斋饭时几乎不再需要菜肴。附近的村民来寺庙上香时也常常受到这种特殊斋饭的款待。这件事情传开后，附近村民纷纷前来寺庙寻求种子回家种植，这使丝苗米逐渐成为云母都（今朱村）的一项特产。然而，奇怪的是，相同的谷物在山下种植的口感无法与寺庙旁边几亩山坡上种植的媲美。而且，在这片大约有两万亩的田地中，只有大岗村的沙田心地种植的丝苗米最接近原产地的口感，但只有五亩地。这片田地的特点是土质偏沙，底下有泉水渗出。

如今，在水稻专家宋东海的改良下，丝苗米已经进化出了一批新品种，如野奥丝苗，桂野丝苗等，其产量已显著提高。

伶俐女巧制"小凤饼"

一百多年前，在广州河南（即珠江南岸）五家祠附近，住着一个叫伍紫垣的老板。他喜欢结交朋友，家中天天宾客盈门，饮宴不断。伍老板家有个乖巧伶俐的婢女，名叫小凤。她看到平日宴客剩下很多肉菜，觉得非常可惜，就收集了起来，加些面粉和梅菜汁，

压成饼块后，拿到附近的成珠楼饼家，请当点心师傅的叔父帮着烘干。

清咸丰年间（1851—1861）初秋的一天，伍紫垣接待一位外地客人。这位客人很想尝尝广东的糕点，老板就叫小凤去成珠楼饼家购买。

不巧的是，饼家的点心师傅不在，小凤怕被老板责备，情急智生，就把平时私下储藏的那些干饼拿出来招待客人。客人吃后，深觉甘、香、酥、脆、化，咸中带甜，肥而不腻，风味独特，大加赞赏，问此饼何名。主人也没有吃过这样的干饼，想到是小凤特制的，便随口说是"小凤饼"。

这件事情传出来后，成珠楼饼家真的做起了这种点心。小凤的叔父参照小凤的制作方法，大胆地将搓烂的月饼、猪肉、咸菜等材料混合为馅料，再调以南乳、蒜茸、胡椒粉、五香粉和盐，制作出甜中带咸、甘香酥脆的新品种"成珠小凤饼"，受到顾客青睐。

小凤饼的形状很像国画大师齐白石老人笔下正在俯首觅食的小鸡雏，故"小凤饼"又称为"鸡仔饼"。

制作出"成珠小凤饼"的成珠楼，原本是一间不起眼的简易平房，清朝光绪年间（1875—1908），归梁福和堂所有，成珠楼的发展，便是从这个时期开始的。成珠楼地理条件优越，位于广州河南三大集市的中心，并且靠近豪门望族的宅邸，著名古刹海幢寺又近在咫尺，故而食客不绝，连市外、省外、国外的过路客，都以一试成珠楼的精制饼食为快。

罗江虾酱免上贡

"尝虾酱，想岳祥"，这首儿歌在梅州梅县罗江一带广泛流传。

明朝的万历年间（1573—1628），有一个小村庄位于罗江下游，这里的百姓年年都经历灾荒的折磨。庄稼不长，食物稀缺，许多人都不得不逃离家园，寻找食物和新的生计。但仍有一些顽强的人，坚守在这片土地上，他们捕虾、捣酱，日子过得清贫，但也算安稳。

有一天，一位钦差大臣奉命前来视察罗江下游地区的灾情。他的肚子饿得咕咕叫，于是在一个叫三里铺的小饭馆点了一碗清水白粥。他吃白粥的时候不经意间拿起桌上的一罐虾酱尝了一口，虾酱的美味和独特香气让他大为震惊。于是他买下一罐虾酱，准备带回京城献给明神宗。

当时的明神宗正饱受胃病的折磨，食欲非常差。但自从他品尝了虾酱后，食欲明显增加，而且身体的病症也有所缓解。明神宗对虾酱赞不绝口，认为这不仅美味，还有治疗功效。他便下令要求地方年年进贡虾酱。

然而，虾酱成为贡品后，罗江下游地区的百姓的日子变得更加艰难。有一个靠卖虾酱度日的穷苦秀才想起了他的书友姚岳祥在京中当官，便带了一罐虾酱千里迢迢上京求助于姚岳祥。姚岳祥听闻书友的苦衷后深感同情，安排书友休息后，带上虾酱，亲自去拜见明神宗。

在与明神宗一起用餐时，姚岳祥用一支筷子轻轻点了一点虾酱汁，然后小心翼翼地品尝。明神宗好奇地问他为什么不多吃虾酱。姚岳祥微笑着解释说，虾酱是用小虾子制作的，而捕虾时则使用人的头发作为鱼线，用头皮作为鱼饵。一根带肉的头发只能钓到一只虾，因此为了制作虾酱，罗江下游地区的百姓不得不拔光头发。明神宗理解了这一艰辛，深感同情。第二天，他下令免除该地区上贡虾酱的要求，让当地百姓逐渐重新过上了安居乐业的生活。

姚岳祥因为他的善举，备受罗江下游地区百姓的感激和尊敬。人们传颂着这个感人的故事，唱着"尝虾酱，想岳祥"的歌谣，纪念这位善心的官员。

渔民为何叫"疍家"

南宋末代皇帝赵昺被元兵穷追到汕尾陆丰海面。恰逢甲子港的渔民因海上风声紧，都不敢出海捕鱼。整个港口船只密集，桅杆如林。

这天，渔民正在船上吃晚饭的时候，有几条看似进来避难的外港渔船向港口驶来。等船驶近了，渔民才发现是载着大宋官兵的船只。渔民们让开了船路，客船在船群中间顺利地抛锚停泊。这条船正是宋帝及其臣子陆秀夫等人所乘，年幼的皇帝在海上经受颠簸、惊慌、饥饿的折磨，到这里已是饥肠辘辘、精疲力竭，瘫软在船舱里了。

船抛锚停稳后，忽有阵阵的番薯香味扑鼻而来，少帝嗅到香味，精神为之大振，于是爬起身，信步走出船舱外，在甲板上看到周围船上的渔民都拿着大块大块的喷香番薯，大口大口地吞咽，不觉馋涎欲滴，目不转睛地望着人家吃饭。渔民看见他这副馋相，实在同情。怎奈封建社会的等级制度在他与老百姓之间横着一条君臣鸿沟，渔民料定此人十有八九是当今天子，于是敬而远之。一些老于世故的老舵公，还叫后生辈移进船内吃饭，以此回避。其实这个行动却与少帝的愿望相违，他感到十分扫兴。

陆秀夫从邻船请来了几位老舵公，向他们要食物。老舵公歉疚地说："我们是贱民，不敢冒犯敬食。"少帝听到这里，跳起来高兴地说："天子与民同家。"陆秀夫接着说："万岁赐予同家，就不必拘礼了。"老舵公们听后，随即叩谢。渔民们知道这个消息

后，无不踊跃献出食物，使挨饿多日的君臣官兵，痛痛快快地饱食一顿。

平日受尽陆上的渔霸、地痞欺凌的渔民，这个时候，得到天子认亲为"同家"，感到无限光彩。从此以后，都以"与天子同家"为荣，一代传一代。后来不知从哪一代开始，他们就干脆把"与天子同家"简化为"同家"二字。因为当地方言福佬话"同家"与"疍家"同音，于是直到现在，水上渔民还叫"疍家"。

五月端午挂蒲柳

在中山市火炬区张家边附近的村子，很多村民在农历五月端午节的时候，会在自家的门前挂上一扎蒲柳，为什么要挂蒲柳呢？

有一年的农历五月，黄巢[1]率领的大队义军突然朝着张家边方向进发。当时，村民对黄巢的义军很不了解，听信了官兵的谣言，说黄巢是个大贼公，所率领的义军都是贼兵贼将，靠打家劫舍起家

---

[1] 黄巢（？—884），曹州冤句（今山东菏泽）人。唐朝末年农民起义领袖，大齐政权开国皇帝。

的，每到一处就抢粮食、烧房子、奸污妇女。因此，当村里的人知道黄巢的义军马上要来的消息后，全村已乱作一团，大家忙着收拾细软，拖儿带女背包袱离开村子，准备逃进五桂山中躲避这场即将临头的灾难。

村中有一名妇女，丈夫进山打柴未归。她看见左邻右里都离开家去避难了，来不及等丈夫归来，把四岁的大儿子背在背上，手牵着年仅两岁的小儿子，跟着邻居拼了命在路上跑。

妇人由于背一个牵一个，所以走得特别慢，走不了几十步便在路上跌倒了。她的小儿子甚至走破了双脚，直流血。妇人见小儿子实在走不动了，把他抱起来走了一段路，双手实在倦了，放下他在地上又走一段路，并连哄带吓地对小儿子说："你再走不动我就把你丢下，让贼公黄巢生剥你来吃。"小儿子听见母亲吓他，哭得更厉害。大儿子见母亲只背他，不背弟弟，嚷着要下地走路，要母亲背弟弟。可是妇人一直不肯将大儿子放下。母子三人一路上哭哭啼啼，十分可怜。

　　黄巢身穿便服骑着千里驹走在义军中，探子回报说，前面的村庄乱糟糟的，村民得知义军到来都纷纷躲避。为什么村民要躲避义军呢？黄巢在心里打了个问号，他决定独自到村中看个究竟。他跃马扬鞭向前，来到村中，发现有个背着大儿子、拉着小儿子的妇女在路上艰难地走着。那小儿子摔倒在路上啼哭，嚷着不愿再向前走。他跳下马来，快步走到妇人的面前，抱起了那个小儿子，问道："大嫂，你为什么要离开村子呢？"妇人见他一个陌生的彪形大汉抱起了自己跌倒在地上的小儿子，慌忙从他的手里接过小儿子。再细看那大汉，虽然生得粗眉大眼，但说话随和，一点恶意也没有，便答道："这位大叔，我看你是路过的，你有所不知，黄巢的兵马快来到了，听说他是个红须绿眼的大贼公，所领的部下无恶不作，所以我们才不得不离家啊。"黄巢听了妇人的话后紧锁双眉，显得有些不安。接着，他用手指了指妇人背着的大儿子和牵着的小儿子问道："俩孩子都是你的儿子吗？"妇人点了点头。"那你为什么背大的不背小的呢？是不是你的大儿子生病了？"妇人摇摇头说："大叔，实不相瞒，大儿子是我丈夫前妻生的，她两年前死了，小儿子才是我生的。这兵荒马乱的日子，如果我失去了大儿子就对不起丈夫的前妻，如果我失去小儿子，我与丈夫团聚后还可以再生一个。"

　　天下的父母谁不怜爱自己的儿女呢？更何况是亲生的骨肉。听了妇人的一番话，黄巢心里大为感动，暗暗地赞许她深明大义。他想了想，随手折下路旁的一把蒲柳，将蒲柳捆成一扎，递给妇人说："大嫂，你现在拿着这蒲柳回家，把它挂在门前，我是黄巢的好朋友，我保证你挂蒲柳后全家平安无事，黄巢的义兵不踏入你家门一步。"说罢，策马走了。

看到那大汉一副认真的样子，实在不像说谎话。妇人心想：逃难那么艰难，今后生活又没有保障，不如回家一试，等丈夫回来再说。于是，她真的拿着蒲柳转头往村子里走。

村子里逃难的人见人人都向前走，妇人却往回走，觉得很奇怪，关心地围上去问她为什么不走了。她把刚才遇到大汉的事说了一遍，人们都半信半疑。这时，黄巢义军大队伍的马蹄声、脚步声已从不远处传来，甚至连义军的旗帜也看得见了，走也走不了，拖儿带女哪有义军的战马跑得快啊？一些相信妇人的人也纷纷在路旁摘下蒲柳，往回走了。就这样，一传十，十传百，许多人都摘下了蒲柳往家里走，回到家中后都把蒲柳挂在门前。果然，黄巢的义军来到村子后对老百姓秋毫无犯，只扎营在村外。对挂蒲柳的人家，义军还格外尊重。后来，村中的人才知道那穿便服的彪形大汉就是义军领袖黄巢。

黄巢义军进村的第一天刚好是端午节。据说从那天以后，每逢农历五月端午节，张家边附近村子的许多人家总在门口挂上一扎蒲柳，用来保平安和驱邪。

沙涌荔枝三月红

南宋末年，年仅十岁的宋端宗和年仅七岁的宋帝昺在元兵的截击追杀下，四处逃难。

香山沙涌（今中山市沙涌村）义士马南宝家财万贯，对南宋忠心耿耿。当他得知南宋皇帝南逃的时候，马上举起勤王的大旗，招募义兵。由于马南宝平日乐善好施，仗义疏财，在乡中的威信颇高。村民一听说马南宝招兵勤王，纷纷应招而至。马南宝凭着对宋朝一腔忠义，带兵上阵，击退了元兵对南宋帝的追击，和南宋大臣陆秀夫、张世杰的残部汇集一起，掩护着宋端宗和宋帝昺，经叠石（今中山市叠石村）来到了沙涌乡，入住马氏宗祠。

沙涌是香山的名乡，马氏宗祠是一间很有名气的大祠堂。马南宝见圣驾驾临自己的乡中，心里感到十分高兴，在马氏宗祠建起行宫来。他伴随皇帝的左右，殷勤地侍候着。

这天黄昏晚饭后，陆秀夫和马南宝等人簇拥着宋端宗、宋帝昺走出了马氏宗祠，在附近的河涌岸边散步。

　　沙涌的景色的确很美，尤其是一河两岸都栽种着岭南佳果荔枝，看起来也别有一番风味。当时正值三月，荔枝虽还未熟，但在墨绿色的茂密树叶中倒挂着密密麻麻的一串串青绿色荔枝也煞是好看。年纪尚小的宋帝昺指着树上的荔枝，向身边的马南宝问道："这树上的果子叫什么，能吃吗？"马南宝躬身回答道："这叫荔枝，现在不能吃，要五六月才熟，熟了是红色的，很甜。"接着，马南宝又殷勤地向宋端宗和宋帝昺介绍荔枝的品种和吃法，说得宋端宗和宋帝昺肚子咕咕作响，恨不得马上能一尝佳果。宋帝昺指着荔枝叹息道："可惜呀，我们吃不到这荔枝，如果明天荔枝成熟就好了。"宋端宗听了宋帝昺说的话，不免感到伤感，想起了近年的逃难生活，居无定所，食不安宁，他不禁长吁短叹起来。散步后，宋端宗和宋帝昺惆怅地回到马氏宗祠。

次日一早，当马南宝走出马氏宗祠的时候，发现河涌两岸的荔枝红透了半边天，荔枝全熟了。他以为自己睡眠不足看不清，于是使劲地用手抹双眼，当他看到荔枝真是熟了，惊喜得跑进宋端宗和宋帝昺的卧室，跪着禀告说："皇上洪福齐天，昨天皇上开金口，今天树上的荔枝全熟了。"宋端宗和宋帝昺等人听说，都惊喜万分，连忙走出马氏宗祠。果然，河涌两岸的荔枝树红透了半边天，累累的果实挂满了枝头。宋端宗和宋帝昺迫不及待地传令将荔枝采摘下来，剥开一看，荔枝肉晶莹剔透，宛如白玉，一尝酸甜可口。

马南宝见龙颜大悦，对宋端宗和宋帝昺说："托皇上的洪福，这荔枝竟提前在三月就熟了，恭请皇上题个名字。"宋帝昺吃着荔枝头也不抬，顺口答道："叫三月红吧。"

大概是由于皇帝开金口的缘故，从此以后，沙涌的荔枝每年在三月便熟了，人们就叫它为"三月红"。

南海龙外孙泥鳅鱼

中山人称为"沙溜钻"的鱼，学名叫泥鳅鱼，他还有个别名叫"龙外孙"，这是为什么呢？

从前南海龙宫有条敲更[1]的鱼，它的相貌相当丑陋，通体黑不溜秋。年复一年，它都在龙宫里默默地负责敲更报时。龙宫里的龙子龙孙都已成双成对，而敲更鱼却每天都得背着更锣，一个人敲打着报时，孤寂无伴。

一天晚上，皎洁的月亮挂在高空，照亮了整个宫殿。这时，敲更鱼唱起一首悲凉的《龙舟调》，倾诉自己的寂寞和苦闷。他的歌声真挚而哀婉，充满了对爱情的渴望。

在另一边的珠楼，住着一位名叫彩珠公主的龙女，她虽然美丽，但却因母亲失宠而备受冷遇。她一直过着孤独的生活，心中充满了寂寞和悲凉。每当听到敲更鱼的歌声，她都感到一种说不出的滋味，仿佛歌中的悲凄正是她自己心情的写照。

---

[1] 在古代，老百姓没有钟表，晚上敲更可让大家了解时间。

渐渐地，她对敲更鱼产生了好奇和同情，想要一睹他的真面目。一天晚上，当她在珠楼的阳台上赏月时，她突然看到了敲更鱼。她害羞地看了他一眼，然后匆匆躲回了屋内。敲更鱼呆呆地望着珠楼，心中涌动着喜悦。

从那以后，敲更鱼每天晚上都来到珠楼下，期待再次见到彩珠公主。然而，很长一段时间过去了，龙女一直没有再露面。敲更鱼像中了邪一样，依然天天守在彩珠楼下面张望，等待着有一天能再次见到彩珠公主。

然而，三个月后，公主还是没有露面。敲更鱼只好求助于自己的好朋友龙须鱼。龙须鱼告诉他，公主跟他偷偷对望的事被龙王发现了，龙王一气之下把公主软禁起来。敲更鱼相思成疾，慢慢消瘦得像根灯芯草。就在他临终之际，他委托龙须鱼帮他办一件事，那就是把他的尸体偷偷埋葬在珠楼下。"生不能再见公主一面，死了也得陪伴在她的身旁。"

说也奇怪，后来珠楼下突然长出了一棵大树，树干如铁，枝干挺拔如翠竹，生长异常迅猛，不到半个月，枝头就碰到了珠楼的窗户。一天晚上，这棵树竟然开出了花朵，其中有一朵特别大，花瓣如黑玉，香气宜人。彩珠公主被花香所吸引，伸手采摘并品尝，最后竟然吞下了整朵花。

不久之后，彩珠公主发现自己怀孕了。这一消息迅速传遍了龙宫，也传到了龙王的耳中。龙王怒不可遏，认为这是一桩丑闻，便前往珠楼质问彩珠公主。彩珠公主害怕万分，但她无法解释这一切。龙王十分生气，便举着大刀想一刀刺死公主。

突然一个异样的声音从公主的肚子里传出："别杀我！别杀我！我自己会出来！"紧接着，从她口中飞出了一朵青云，青云中有一条似龙又似鱼的小生物，这就是泥鳅鱼。泥鳅鱼的皮肤黄中带黑，光滑无比，一张嘴便吐出满口污泥，把整个珠楼弄得一团糟。龙王怒不可遏，命令捉拿泥鳅鱼，但它光滑的身体让众人无法抓住。最终，泥鳅鱼进入了龙王的体内，一番咬扯，令龙王痛苦不已。最终，龙王不得不求饶，并答应封泥鳅鱼为"油袍将军"。

从此以后，无论是有鳞鱼还是无鳞鱼，都尊敬泥鳅鱼，不敢惹他。泥鳅鱼成了南海中的一位重要人物，被称为"龙外孙"，他的传奇故事也一直流传了下来。

天上人间

　　五羊衔穗，为广州带来了稻穗飘香，年年丰收；何仙姑从天而降，为化州人民带来了健胃行气、化痰止咳的橘红；荼薇仙子与花农杜春丽的爱情，得到众多神仙的庇佑；畲族狗王英勇作战，迎娶了高辛王三公主，繁衍了畲族的后代。

　　这些天马行空的神话故事，是老祖宗对我们生活由来的解释，也表达了他们对美好生活的向往。对神话故事一代代的传颂，潜移默化地让我们记住了岭南人民善良、勤劳、勇敢、智慧和坚强的美好品质，正是这些品质构筑了我们千百年灿烂的历史。

五羊衔穗保丰收

来到广州旅游的人，大都会到越秀公园的木壳岗上，和著名的五羊石雕像合影留念；出产于广州的许多商品的包装也会用到五羊形象；就连2010年11月在广州举行的第16届亚运会，也使用了活泼时尚的五羊形象作为吉祥物。

广州又叫羊城，这个别称来源于一个家喻户晓的美丽神话。当年在广州这块土地上住着很多越人，他们在一片荒山丘上建成了一座小城镇，叫南武城。城里有座叫坡山的小山丘，坡山脚下住着父子俩，父亲六十多岁，儿子还不满十六岁。父子俩安分守己，在山下开荒种地，每年给官府缴纳地租后，靠着所剩无几的收成过着简朴的生活。

这一年大旱，地里颗粒无收，父子俩正愁没有食物填饱肚子。谁知道，官府不仅没有救济他们这种贫苦百姓，还要求他们按照丰收年缴纳地租。父子俩交不出粮食，官府就派衙役把老人抓进了监狱，还说三天之内交不出粮食，就要老人的命。

无依无靠的儿子在家里想不出救父亲的办法，只有大声号哭。他哭啊，哭啊，日夜不停，哭声飘上九层云霄，感动了天上的五位仙人。

伴着一阵悠扬的音乐，五位仙人身穿五色彩衣，骑着五只不同毛色的仙羊，腾云驾雾来到少年面前。仙人们拿着谷穗、麦、黍、稷等，都是天上的好种子。其中一位仙人将一串谷穗放到少年手中说："你把这个种在田里，浇水施肥，你父亲就有救了。"

少年擦干眼泪，按照仙人的指点播种、浇水、施肥。第二天天

亮，地里竟然长满了青枝绿叶，结满了黄澄澄的稻谷！少年满怀欣喜，忙收割谷子，装好马上运到官府，赶去赎回父亲。

官老爷听到禀报不相信，他出来一看，呀！真是黄澄澄的稻谷。他大喝："你是从哪里偷来的？不说清楚，我用板子打死你这个小贼！"

少年又气又怕，只能一五一十地把仙人送种子的事情讲了出来。

官老爷抓起一把谷粒，用小木板在台面上一搓，稻壳里面爆出粒粒光润油滑的米粒。他从来没有见过这么好的稻米，难道真是神仙送来的？他决定把老人放了，再悄悄跟在他们身后，去看看实情。

父子俩从官府出来，就一个劲儿地往家跑。来到坡山脚下，只见五位仙人还在那里乘风纳凉呢。他们忙磕头拜谢。

仙人们祝福道："愿此地永远不再有饥荒！"

官老爷远远听到祝福的话，想赶过去见仙人一面，却见仙人们驾着彩云，飘飘而起。他紧追不舍，一直追到珠江边，眼看着天上闪开一道门，五位仙人飘了进去。这时，从门里传出一句话："我们的五只仙羊喜欢你管辖的地方，它们会永久地庇护这块土地，让它年年风调雨顺，幸福吉祥。"

官老爷听了，忙又赶回坡山脚下，果然，五只仙羊正在那里吃草呢。他冲上前，扑向其中的一只，又凉又硬！这哪里是羊，分明是块大石头！五只仙羊化成五块大石头，永远留了下来。

老人和儿子将种子分给大家播种，这块被神仙祝福的地方从此稻穗飘香，年年丰收。

畲族狗王的传说

在广州增城有一个风景优美的村庄——畲族村，村里仍保留着一幅世代相传的祖图，记载着一个关于畲族来历的狗王的传说。

传说在远古时代，中国有个高辛王，和西边一个叫犬戎的民族打仗，连续打了很多次，每次都打败仗。于是高辛王就召集大臣一起商讨，大臣们都没有什么办法，高辛王急得在大殿上走来走去，想了想说："我们只能放榜招人了。"高辛王在榜上写道："如果谁能够帮我打胜仗，我就把一位公主许配给他。"榜放出去几天了都没有人来，高辛王的心里更加焦虑了。一天，有一条狗把皇榜揭了下来，士兵就把狗带到皇宫。高辛王听到有人来禀告，喜出望外："是不是有人揭榜了？"士兵小声地说："是啊，不过是条狗。"士兵将狗带到，高辛王一看就生气了，问："你怎么能帮我打赢这场仗呢？"狗得意扬扬地说："反正我能帮你打赢，到时候你就知道了。"高辛王也没有办法，只好拭目以待。

过了几天，高辛王再次出兵攻打犬戎，可惜还是失败了。就在犬戎开庆功宴的时候，狗早已藏在他的军营中。犬戎王非常开心，与士兵一起饮酒，之后大家醉得不省人事，狗就趁这个机会把犬戎王的头咬断，叼着拼命跑，犬戎士兵发现后拼命追，跑了一段路程，高辛王带兵接应，把犬戎打得落花流水。原来，这条有勇有谋的狗，正是狗中之王。

回到了皇宫，高辛王要论功行赏，最大功劳当然属于狗王，高辛王微笑着问狗王："在我这三个女儿中，你挑哪一个？"狗王走到三公主旁边，用口咬住三公主的衣服，三公主也很喜欢狗王。可是王后不想将自己的女儿嫁给一条狗，高辛王说："这也没办法啊！君子一言，驷马难追。"狗王想了想说："其实我也可以变成人，你将金钟罩拿出来，我钻进去七天之后就可以变成人。"七天对于三公主来说好漫长，她怕狗王在里面不吃不喝出什么事，过了

五天，便忍不住偷偷将金钟罩打开了。糟了，狗身是变了，可狗头还没变，可是打开了罩就无法再变了，狗王只能是狗头人身了。高辛王看到这样的情形就叫狗王与女儿找个地方隐居，并分给他们一块地，尽量满足他们所有要求。狗王带着公主来到了广东与湖南交界的南岭开始了新的生活。

过了十多年，狗王与三公主生了三个儿子一个女儿，但还没有一个好的姓氏。狗王与三公主商量之后决定回皇宫求高辛王赐姓。狗王一家回到皇宫，高辛王问："好久不见，过得好吗？"狗王说："谢父王的关心，我这次回来是有件事和你商量的，我的子女都十几岁了，没有一个好的姓氏，总不能让他们跟我姓狗吧，恳请父王赐他们姓氏。"高辛王问："你的子女出生的时候有什么特征呢？""大儿子出生的时候是用盘装着的，二儿子是打雷的时候出生的，三儿子出生后很喜欢拿农具，女儿出生的时候我听到有钟声。"狗王说道。高辛王说："既然这样，你的大儿子就姓盘，二儿子姓雷，三儿子姓耒，女儿就姓钟吧。"

于是，现在畲族村就有了盘、雷、耒、钟四个姓氏。

后来，狗王的子孙不断繁衍、迁徙，散居到中国的东南各省，形成了一个聚居深山、以打猎为生的勇敢的民族。

神奇宝钵变石墩

在韶关境内，流淌着两条河流，浈江和武江。如果从韶关的山顶俯瞰，能清楚地看到在浈江和武江的交汇处，由于水流冲积形成的一个圆形土墩。这个土墩说大也不大，但也有方圆十来丈（即三十多米）。关于这个土墩的由来，韶关市内还流传着一个家喻户晓的传说……

相传在很久之前，有一对苦命的母子住在武江上的一条破船上。因为地处粤北，韶关的冬天可谓十分寒冷。在如此凛冬还船宿在江面上，母亲终究是病倒了，她看着年仅五岁的孩子很是心痛，边哭边说道："阿江啊，我们的命怎么这么苦。你爹已经离开我们两年多了，我也不知道能不能撑过这个冬天，你该怎么办呢？"说罢，她指了指岸边的一个破瓦钵说道："我实在没有办法了，你去把那个钵洗一下，去路上乞讨吧，希望你能活下去……"话音刚落，母亲就断气了。阿江只好边哭边拿着钵到街上讨一些剩饭剩菜。

可是天这么冷，路上连行人都少，茶楼和酒肆更是都早早打烊了，怎么可能讨得到饭呢？阿江十分无助，只好回到小船上，眼泪汪汪地捧着瓦钵，忍不住自言自语："饭来！饭来！"

突然间，神奇的事情发生了！瓦钵仿佛听得懂人话，冒出了香喷喷的白米饭。阿江就这样每天吃着吃着，不知不觉地长成了一个健壮的小伙子，还成了个捕鱼高手。

有一天，阿江刚结束一天的捕鱼回来，准备把小船停好，突然听到江边有人求救。原来，一个洗衣女子滑倒掉进了江里。阿江闻声马上跳进江里，救出了女子。女子名叫阿香，是江边黄老财的使女。自从阿江救了阿香之后，阿香感激不已，经常为阿江修补衣物，整理小船等，两人慢慢地产生了感情，准备拜堂成亲。可是，这件事被黄老财发现了，他勃然大怒，觉得是阿江骗走了他的使女，毒打了阿香一顿。他还想出了一个毒计，对阿江说："哼！阿香是我的奴才，是你这穷小子说娶就娶的吗？我偏不让她嫁给你，除非你拿出两百担谷子明天来江边为她赎身。"没想到阿江答应了。

阿香担心地悄悄地问："江哥，你哪儿找得到两百担谷子呀？"阿江笑嘻嘻地向她透露了瓦钵的秘密。第二天天一亮，黄老财和他的手下来到武江边。江边已经聚集了一群围观的人，大家都不相信靠捕鱼为生的阿江能拿得出两百担谷子。此时，只见阿江双手捧着那个乞讨的瓦钵，对着它喃喃地说："谷来！谷来！"说时迟，那时快，瓦钵像个被施了法术的聚宝盆，不断从里面冒出金黄色的谷子来。眨眼间，两百担谷子已经塞满了黄老财准备的竹筐。

黄老财目瞪口呆，阿香和阿江高兴地哈哈大笑，旁观者都不敢相信自己的眼睛。这时，黄老财又心生一计，马上指使手下去抢夺阿江的瓦钵。阿江立刻意识到事情不对，示意阿香跳上小船，解开了缆绳，两人准备离开江边，但那时财迷心窍的黄老财和手下已经跳上了小船。虽然阿江与他们拼死搏斗，但敌众我寡，他很快被制服并被绑住。小船无人操控，顺流而下。

宝钵得手了，黄老财兴奋不已，哪里管得着小船已经不知不觉漂远了。他抱着宝钵，连连喊道："金来！银来！珠来！宝来！"金银珠宝果然从钵里飞了出来，光芒四射。黄老财和手下贪得无厌，继续高喊："金来！银来！珠来！宝来！"他们越喊，金银财宝就涌出越多，涌出越多，他们就喊得越起劲，直到他们都埋在了金银珠宝里，只露出头和手。但他们仍在喊："哈哈！金来！银来！珠来！宝来！"此时，宝钵里却飞出了铁锤和大石，把他们砸得头破血流。

　　小船飘到了两条江水汇合的地方，因为船上的东西实在太重便逐渐沉了下去。阿江和阿香趁乱解开了身上的绳索，在船沉没之前跳了出来，游到了岸边。被金银财宝和铁锤大石重重压住的黄老财与手下们，只能随着破船一起沉入水底……在沉船的地方，宝钵变成了一个圆土石墩。从那以后，阿江和阿香终于自由了，他们捕鱼、织网，过着幸福快乐的生活。

善人阿单有善报

在广东肇庆谠山山下有个村子叫十里冲。冲底的旮旯里，住着父子俩，父亲名叫顺伯，儿子名叫阿单。顺伯四十得子，五十丧妻，辛辛苦苦才把阿单拉扯成人。

阿单十九岁那年，顺伯积劳成疾，没几天便两眼一闭，再也没醒过来了。顺伯是个穷苦人，头没巴掌大的天，脚没针尖大的地，留给阿单的只有给地主打工的一条扁担、两根麻绳。

转眼一年过去了。一天，孤苦伶仃的阿单外出打工回来，见路旁躺着一个衣衫褴褛的老太婆，口里"呼呼……"直喘粗气。阿单三步并作两步地走上前去，蹲下身子扶起老太婆问道："阿婆，阿婆，您可是病了？"

老太婆摇了摇头，说不出半句话。

阿单又问道："阿婆，阿婆！您可是跌伤了？"老太婆还是摇了摇头，依然说不出半句话，连眼皮也快合上了。这时，阿单发现旁边一个装着瓷碗的破篮子，立即恍然大悟：啊！原来阿婆是讨饭的，已经快饿晕了。阿单二话没说，背起老太婆直往家里走。回到家，他赶紧抓起干草烧火热了早上留下的半锅粥，然后一口一口地喂给老太婆吃。

老太婆慢慢地缓过一口气，并且也能走路了，好心的阿单把锅里最后的一点粥盛在她的碗里让她带着，走了很久送她到村边。

那天晚上，阿单没有吃上一点东西。他穷得没有隔夜粮，剩下的粥又已经给了老太婆，只好喝下两瓢生水，倒头便睡。

正当阿单睡得昏昏沉沉的时候，忽然，一团白色的烟云飘到跟前，烟云中缓步走出一个老人，他抚摸着阿单的头说："好孩子，你救活了老太婆，幸福一定会降临到你头上。去吧，往西走三七二十一天，问问佛祖，他一定会为你指出一条幸福的路。"老人的话音刚落，阿单猛地醒了过来。他睁开眼睛一看，原来是父亲跟他说话，不由得霍地翻身起床，惊喜地扑向老人。但是，白色的烟云已经遮住了父亲的身子，从窗口飘出去了。

阿单揉揉眼睛，呆呆地坐在床上，他记起父亲的话，决心去西边找寻佛祖。

第二天一早，阿单背起了向乡亲借的仅够七天的干粮，踏上了寻找幸福的道路。

阿单日复一日地走啊、走啊，爬过了七座大山，渡过了七条河流，吃完了七天干粮，在夜幕降临的时分，来到一个栽满鲜花的农家。

这里住着一户老花匠，老两口只靠种花度日。他们热情地迎接了阿单，老花匠问道："年轻的小伙子，你要到哪儿去呢？"阿单

将父亲托梦的事向他说了一遍。老花匠高兴地问："见到佛祖之后，你能帮我问一问吗？为什么我一辈子种花不结果呢？"阿单点点头，答应了。

第二天早上，老花匠送给了阿单七天的干粮和七双草鞋。阿单又攀越了七道峭壁，翻过了七条深沟，磨破了七双草鞋，吃完了七天干粮。在明月初升的时分，又饥又渴的阿单，来到了一户以打柴为生的农家。

好客的老樵夫把阿单请到屋里，他的独生女阿娟给阿单斟了一杯碧绿的山茶。老樵夫问："英俊的小伙子，你要到哪儿去呢？"阿单又把父亲托梦的事向他说了一遍，老樵夫高兴地问："见到佛祖之后，你能帮我问一问吗？为什么我的女儿二八之龄（即十六岁）了还不会开口讲话呢？"阿单点点头，答应了。

第二天早上，老樵夫送给阿单七天干粮，祝他一路平安。阿单越过了七座山峰，跃过七条山涧，吃完了七天干粮，在夕阳西下时分，来到了大海边。

茫茫的大海无边无际，大风起处，巨浪滔天。阿单呆住了，这可怎么往前走呢？他急得"呜呜"地哭了起来。

哭声惊动了海里的一条大海蛇，只见它掀起排排海浪，往岸边游来，它停在阿单面前，竟开口问起话来："远道而来的小伙子，遇到了什么不顺心的事，哭得这么伤心啊？"阿单一见大蛇在同自己说话，惊得大气也不敢出。他望着这副慈祥的面孔好一阵，才将前后经过一五一十讲了一遍。最后，阿单一抹眼泪，说："海蛇伯伯，我的事情不要紧，可是，回去之后怎么对得起花匠、老樵夫呢？他们多么盼望我能见到佛祖啊！"

大海蛇被一心助人的阿单感动了，它说道："好孩子，你放心，我把你驮过去吧。见到佛祖请你帮我问一下，为什么我修炼三百年还未能成龙呢？"阿单答应了大海蛇的请求，然后骑上它的背，闭上双眼。只听到"呼呼"的响声，海蛇劈波斩浪，似箭一般游向对岸。一眨眼工夫，阿单脚下已是柔软的沙滩了。大海蛇望着远处一座云雾缭绕的高山对阿单说："前面那山便是佛祖的圣佛西山，愿佛祖为你出点好主意吧。"

阿单来到山顶的大殿中厅，忽见殿前两

95

旁高悬一副对联："为人不为己，为己不为人"，佛祖盘膝坐在莲花座上，朝阿单微微点头，问道："此乃超凡脱俗之地，小施主不辞辛苦远道而来，欲卜何事？佛门有戒，要卜之事，为人不为己，为己不为人，二者只属其一。"阿单一听，不禁发起愁来，是为自己，还是为别人呢？他想到曾帮助过他的各位好心人，便上前半步，双膝下跪，向佛祖述说了老花匠、老樵夫及大海蛇之托，而自己的事半点也没有提及。

佛祖听后，指点道："海蛇未修成龙，皆因口不张大所致，叫它把口张大便可。老樵夫之女二八未言，只是日子未到，到时自然开口。老花匠之花没有结果，需在牡丹花下挖地三尺。"说完合上双目，独自凝神运气去了。

阿单回到海边，大海蛇已经在等着他了。阿单待它把自己驮过大海之后，将佛祖之言告诉了它。海蛇一听，用力将巨口一张，就吐下一颗金光闪闪的宝珠来。未见宝珠着地，大海蛇已角爪并生，甲鳞披身，"腾"地跃上了九天。阿单捡起宝珠，望着已化成龙消失在天边的大海蛇惊叹不已。

说来也奇怪，阿单手捧宝珠只觉精神振奋，他迈开双步，两脚生风，只消一个时辰便到了老樵夫门前。此时阿娟正在院中织布，一见阿单，竟朝屋中开口道："爸爸，先前那位哥哥回来了。"老樵夫见女儿开口说话大惑不解，待阿单说明原因，大家无不感谢佛祖的保佑。老樵夫问阿单："你自己的事情呢？"阿单把佛戒说了。老樵夫感动不已，当即认阿单为女婿。

阿单拜别了老樵夫，便和阿娟到了老花匠家。老花匠依言拨开了牡丹花，朝下挖了三尺，捧出了一只沉甸甸的大陶缸，就在这一瞬间，花园里的花全结了果。他们打开陶缸一看，里面全是金灿灿的大元宝，老花匠高兴得合不拢嘴。为了报答阿单，他分出半缸金元宝硬塞给阿单要他带回去。

阿单回到家乡后，把金元宝分给了穷苦的乡亲，靠自己勤劳的双手添置了耕牛和农具、新建了房屋，和阿娟从此过上美好的幸福生活。

迷途少年与蓬莱仙娘

古时候南海边的蓬莱山（现江门市附近）是一座神秘而美丽的山岛，以其传说中的仙女和神奇动物闻名于世。

相传山上有个仙娘，与她的师傅一起住在山上的一座庵堂中。山上生长着各种热带果树，例如香蕉、芒果和椰子。大象、狗、蛇、凤凰、鸡、鸭、羊、猪等各种动物在山上自由自在地生活，仙

娘与自然界的动物和谐相处。

有一天，一个年轻的少年因好奇心驱使，离开了自己的家乡，来到了蓬莱山游玩。他被山上的美景所震撼，不知不觉便游玩到了深夜。月光洒在小路上，他顺着小路一直走到了半山腰，看到前方有一座庵堂。少年轻轻地敲响了庵堂的门，门打开后，他看到一个年轻的女子，手持香油灯。

仙娘问少年来意，少年告诉她自己因为好奇迷了路，请求在庵堂里借宿一晚。毕竟是个陌生的男子，仙娘犹豫了一下，便去请示了师傅。师傅见天色已晚，就收留了少年在庵里留宿。第二天早上，师傅想着既然少年有缘来到了蓬莱山，就让仙娘带着他四处游玩。一连七天，他们游览了山涧、丘野和海滩，欣赏了蓬莱山的壮丽景色。少年度过了七天的快乐时光，但随着时间的流逝，他开始想念自己的家人。他请求回家看看，师傅说："一切皆是缘分，要来便来，想走就走吧。"

然而，在七天的相处中，仙娘和少年之间已经慢慢产生了感情。仙娘想跟随少年回到人间，但师傅不同意。少年承诺回家后再回来找仙娘。当晚花前月下，少年与仙娘互诉衷情。仙娘给了少年一把伞，叮嘱他千万别打开，要等到家才能开伞。

少年虽不理解为何，但一直谨记仙娘的话。路上烈日当空，晒得少年热汗直流。路人见状觉得莫名其妙，有伞为何不用呢？便多次劝说他打开伞遮挡炎热的阳光，少年也一路紧紧握着伞不打开。

很快就要到少年的家了，太阳丝毫未减。这时又有一个路人说，打开雨伞遮阳不碍事。少年经不住劝说，忍不住打开了伞。

但就在此时，突然有一只瓢虫从伞里飞了出来。原来是仙娘化身瓢虫藏在伞子中，劝说的路人马上抓住瓢虫，一转身就消失不见了。原来，路人都是师傅化身而成，他察觉仙娘离开了蓬莱山，猜测仙娘跟随少年回了家，便一路跟随。少年并不知道这一切，撑着伞回到了家。但当他回到家时，却发现家里的人都不认识他了，他的父母早已去世，兄弟姐妹也都老去。他的故乡已经改变，人们都以为他已经失踪多年。少年才明白蓬莱山和人间的时间不同，山中方一日，地上已千年。少年返回蓬莱山寻找仙娘，但也找不到当时的庵堂了。少年和仙娘之间的感情成了一段美好的回忆，留在了他的心中。

传说归传说，但江门的蓬莱山却是真实

地存在的，由仙娘山、狗山、蛇山、象山构成。这些山有些早已被铲平，但在新会县志和民间家族谱中仍有部分资料记载。在几千年前，蓬莱山就已有人居住，并逐渐形成墟顶集市。

何仙姑与正毛橘红

茂名化州特产橘红，气味芳香沁人，是健胃行气、化痰止咳的良药，被列为明、清朝廷贡品，在国内外久负盛名。

很久以前，化州地区山深林密、瘴气弥漫，居民们常年受到咳嗽、气喘等顽疾的折磨，苦不堪言。为了拯救这片土地的百姓，一位叫罗辨的仙人来到了化州，他在石龙冈附近搭建茅棚，并开始种植橘红果。他的橘红果非常特别，果皮光滑，用其制作出来的药材橘红具有神奇的疗效，能够治愈多种疾病，特别是咳嗽和气喘。因此，橘红很快受到了人们的热烈欢迎，成了化州地区的珍宝。

后来罗辨在化州遇到了一位美丽、聪明且灵气出众的女子，于是就收其为徒，教授仙术。这位女子后来成了仙女，就是世人所说的何仙姑。

何仙姑铭记着师父的教诲，她不断努力，救助百姓。有一天，她来到化州，发现依然有很多人受到咳嗽、气喘等顽疾的折磨。她感到非常奇怪，为什么师父种植的橘红没有治愈这些顽疾呢？她决定前去橘红园一探究竟。

当何仙姑踏入橘红园时，她看到高墙深深，有许多差役守卫着。橘红树已经断枝缺叶，果实青若小柚。更糟糕的是，有一名州官坐在园中央，强行以高价卖橘红果给当地居民，一颗橘红果要收一石谷钱。平民百姓哪里有这么多钱买橘红治病呢？但是又斗不过州官，只好把苦水都吞进肚子里。更可恨的是，州官只知道敛财，却不懂如何养护橘红树，现在存活的橘红树已所剩无几了，所结的果也大不如前了。

何仙姑非常生气，她不愿看到百姓被州官迫害。于是，何仙姑用莲花竹罩施了法术，让州官像泥塑一样定了型，动弹不得。接着，何仙姑将自己的一缕头发披挂在橘红树上，施法术使橘红树恢复了生机。果实重新长满了枝头，变得毛茸茸。接着何仙姑教大家唱一首歌："仙人种橘红，治咳有奇功，为民来造福，不分富和穷。谁若霸私有，天地定不容，平民和官府，谨记在心中。"众人欢欣鼓舞，何仙姑再次施法，解除了州官身上的法术。州官明白了自己的错误，并请求何仙姑不要惩罚他。何仙姑宽宏大量，放过了他，并告诉他要珍惜橘红树，不要再剥削百姓。

自此以后，橘红树结出的果实都带着绒毛，其药效更强。这种橘红被称为"正毛橘红"，成为化州的特产，为人们带来了健康和福祉。何仙姑的善举也成了流传千古的传说。

冲虚三清排座次

前文谈过了罗浮山的由来，现在让我们一起跟随文字的步伐，踏入罗浮山冲虚古观那金碧辉煌的大殿：在描龙画凤的三清宝殿殿堂中间，端坐着三尊塑像。这些塑像形象逼真，慈祥温和之中，又隐现着一股威严尊贵之气，他们就是被道家奉为最高尊神的"三清"。玉清元始天尊在道家的地位最高，因而端坐正中，左边坐着上清灵宝天尊，右边坐着太清道德天尊。殿中一副楹联向游人阐明了他们在道教中至高无上的地位，联曰：

无极三尊境居，玉清、上清、太清，万类形生归统御；

混元一气成就，天道、地道、人道，两仪化育始玄微。

按在道家中的地位依次排座，这本是非常自然的事。可游人大都不知道这三尊神像的名号，更不知道他们之中地位的高低。他们只是发现，端坐中央的尊神须发黝黑，坐在左边的须发黑白相间，而坐在右边的则是须发全白。凭此游人都可断定，从年龄上看，应该是坐中间者最年轻，坐左者次之，而坐右者年纪最大。在礼教森严的封建社会和尊长敬祖的道家羽客中，似乎应是论资排辈，年纪大者居中，次者居左，年轻者居右。于是有人提出是不是塑像的须发弄错了，或是位置颠倒了。观中道者和诸多导游对游客的这个疑问，大多无言以对。

罗浮道佛同山，始于晋汉而盛于隋唐。山中寺观林立，有"九观十八寺二十二庵"之说。罗浮道观依例都以三清宝殿为主建筑。传说罗浮山冲虚古观就要完工、神像即将归位之际，玉清、上清和太清三位尊神在夜阑人静之时，视察即将落成的新殿。他们对能在素有神仙洞府之美誉的罗浮山占有一席之地，感到十分满意。看着即将安放他们神位的神坛，年纪最轻的玉清说："两位仙长，你俩

的神像该如何安座？"上清和太清互相谦让，你说他年纪较大，长者为尊，应该居中；他说你道行高深，应该能者为尊。玉清见他们无结论，就说："还是由天意来定吧！"他出了个主意：他们一齐移到罗浮山脚，舍弃一切道家法术、飞升本领，各以凡人之躯，用箩筐挑着山中道家生活必需品米、盐、棉胎同时上山。依先后排列，先到冲虚观者坐中位。因年纪差异，为公平起见，年纪最大的太清就挑最轻的棉胎；年纪居中的上清就挑一担白米；年纪最小的玉清则挑一担盐。由于三副箩筐大小相同，玉清挑的东西无疑就是最重的了。

在微微的月色中，他们同时开步向山上走去。开始大家都还潇洒自在、谈笑风生，走了几里路，恢复凡夫俗子之身的三清都有点吃力了。太清感到有些疲惫，上清感到有点腰酸背痛，玉清则感到肩膀红肿。过惯了逍遥自在、天马行空的神仙生活，三清不约而同地叹了一声："凡人之苦，实不堪言！"因为肩上所负之物的重量过于悬殊，一路上，太清居前，上清居中，玉清在后。慢慢地这距离越拉越大。看样子，这居中之位，非太清莫属了。过了半山，冲虚观碧绿的屋脊已在微微的月色中、在青松翠柏中时隐时现。这时，几抹乌云飘过，遮住了月亮。岭南的天气真是孩儿脸，说变就变。几阵凉风吹过，竟然飘起阵阵雨丝。不一会儿，雨点越来越密，不到半个时辰，倾盆大雨铺天盖地而至。太清担子中的棉胎淋了雨水，顿时重了十多倍；玉清担子中的白盐被水一泡，早已随雨水溶走了大半；唯有上清的一担白米重量暂时还没多大的变化。玉清咬紧牙关，一鼓作气跑上了山顶，坐在冲虚观的大门口歇息，箩筐中的白盐只剩下点点白末。过了两个时辰，上清才挑着一担米来到观门。又等了三个时辰，白发长须的太清才一步一移，姗姗而来。这真是天意啊！从此以后，罗浮冲虚古观三清宝殿中，年纪最轻的玉清居中而坐，上清居左，须发花白的太清只好屈居右边，随遇而安了。

惩恶扬善苏阿六

　　著名作家郭沫若在剧本《郑成功》中提到的碣石总兵苏利，原型是明末清初汕尾海丰渔民起义的领袖苏阿六。在海陆丰人的口中，至今还流传着关于他的许多富有传奇色彩的故事。

　　明末时期，碣石地区的百姓遭受着腐败官员张明珍的残害。张明珍见明朝江山岌岌可危，便趁机称霸一方，肆意敲诈百姓，百姓苦不堪言，却无处申冤。

　　幸运的是，他们听说了苏阿六领导的义军，这支海上起义军严守纪律，不惧官兵，坚决铲除贪官污吏，同时又敢于劫富济贫。于是，一些百姓秘密派人与苏阿六取得联系，愿意协助他们，里应外合，一起对抗腐败的官员张明珍。

苏阿六获悉这一情报后，与他的弟兄们商议对策。他们决定采取智取的计划，设法将张明珍引入圈套。

当时正值中秋佳节，四处都在举行庆祝活动。苏阿六邀请张明珍参加宴席，张明珍受邀前来。在宴会上，张明珍的部下纷纷被灌醉。赴宴之前，张明珍担心中秋宴会是个鸿门宴，于是便叫副将带兵马驻扎城外，以防万一。而苏阿六假装传达张明珍的命令，成功将他的副手邀请进城。就在张明珍和他的副手会面那一刻，宴会大门马上被紧锁，他们被苏阿六捉住。就这样，义军出其不意地清除了多年来残害百姓的贪官污吏，引得百姓拍手称快。

义军统治碣石后，并没有像张明珍一样肆意掠夺，而是秉持着除暴安良、劫富济贫的原则，给予了百姓安宁。碣石百姓感到宽慰，这片土地终于解脱了腐败统治的压迫。

然而，在这个地区，还有一个姓余的地主，以其雄厚的家产而闻名。他对苏阿六的义军抱有强烈的敌意，将他们视为乱杀朝廷命官的暴徒。余地主招募了大量的外地乡勇，试图以武力来对抗义军。当夜幕降临，余家的乡勇集结在城外，准备与义军对抗。他们并不了解苏阿六和他的义军，而当地曾经受到压迫又被义军解救的百姓已经向义军提供了关键情报。

苏阿六知道，与余家的对抗是不可避免的，但他并没有选择与之正面交锋。相反，他采用了以退为进的策略。他让自己看似撤退，引诱余家的乡勇们追击他们。

当余家的乡勇们冲出城追击义军，苏阿六的伏兵突然出现，堵住了他们的后路。苏阿六和他的义军打败了余家的乡勇，余地主本人也束手就擒。最终，余家的家产被义军没收，分发给了受害百姓。这场胜利进一步增强了苏阿六的声望，使他成了当地百姓心目中的英雄。

苏阿六领导的义军在碣石地区坚守着他们的宗旨：除暴安良，劫富济贫。这个宗旨激励了各乡镇的百姓，他们开始积极举报那些剥削百姓、压迫人民的官绅和土豪。每当有机会，义军都会采取行动，清除这些不法之徒。

有一年，碣石地区的天气异常恶劣，雨水不断，导致农田严重受损。有一位名叫高三爷的官吏，认为"富贵出凶年"，因此他不单对百姓漠不关心，还囤积米粮，导致米价不断上涨，令百姓苦不堪言。面对高涨的米价，百姓不得不请求苏阿六的义军前来解救他们于水深火热之中。

苏阿六亲自率领义军前往村附近扎营，挑战高三爷。高三爷自恃武艺高强，带领他的乡勇，包括马前的阿豹和马后的阿彪，出村迎战。双方排成阵势，刀光剑影，经过多个回合的激战，胜负难分。

太阳开始西沉，老苏在战斗中变得越来越勇猛。最终，高三爷失去了战斗的勇气而不得不退缩。正当苏阿六准备追击时，高三爷的部下伏击在小桥下的阿豹和阿彪发动了一次突袭，他们的暗箭射中了苏阿六的坐骑。虽然苏阿六很快换了一匹马，但高三爷趁机逃进了他之前修建好的寨子，并紧紧封锁了寨门，使得义军无法进攻。

高三爷凭借坚实的寨墙，采取拖延战术，坚持不出战，等待义军自行解散。尽管义军曾多次展开猛烈攻势，依然难以突破高三爷的防线，只得与之僵持。

这种局势持续了数月，粮食开始告罄，内外交困，寨内的士气也有所下降。高三爷为了迷惑围攻者，制定了一个狡猾的计策。他命令手下将谷壳集中起来，浸泡在水中然后晒在高处的屋顶和寨墙上，同时用带有米粒的洗米水，灌入通向寨外的水沟，以制造寨内粮食充足的假象。

苏阿六听完前哨的报告后，识破了这个计谋。他欣然笑道："这显然是他们寨内粮食不足，不得已才采取这种伎俩，希望我们知难而退。我打算将计就计，引蛇出洞，拖刀斩将，应该能够取得胜利。"

两天后，苏阿六下令士兵在夜间解围撤退，前队变为后队，伏兵等待着时机。

寨内的哨探将敌情报告给高三爷，他随即亲自领兵出击，发出号令让精壮的乡勇在前面追击，而老弱者在后面呐喊鼓噪。然而，当他们前行不远时，伏兵冲出小桥，堵住了他们的退路。苏阿六直接冲向高三爷，高三爷措手不及，最终被斩于马下。这个不法之徒被除去，正义得以伸张，当地百姓为之欢呼雀跃。

"花痴"遇上
荼薇仙子

　　很久以前，香山县（今中山市）飞驼岭下住着一位年轻的花农，名叫杜丽春。他父母早逝，他独自一人，靠着双亲留下来的一块瘦瘠的山地和祖传的栽花技艺种花为生。

　　杜丽春一心一意地钻研栽花的技艺，比父辈更为出色。那片瘦瘠的山地很快就在他勤劳的手上变成了一个花园，一年四季花开不断，远远看去，一片万紫千红，众人都称杜丽春为"花王"，这个

名声风行百里，越传越远，最后，竟传到天上去了。天上的众位花仙子中，荼薇仙子与玫瑰仙子亲如姐妹。两位仙子听闻人间有这样爱花如痴的人，于是在赴王母娘娘寿宴的途中，下凡间一探究竟。

姐妹俩飞到南海边上，忽从人间飘来了阵阵扑鼻清香，玫瑰仙子拨开云头，低头一看，见有一岛石刻"飞驼岭"三字，岛上果然有一个小花园，群芳吐艳，蜂飞蝶舞，真是美不胜收。

荼薇仙子被这美景迷住，竟耽误了王母娘娘的寿宴，被催花巫神禀告了玉帝。玉帝知道荼薇仙子私到人间后，勃然大怒，将荼薇仙子赶出天庭，贬落人间，到深山穷谷受苦，永不能盆栽。至今，荼薇花不能盆栽，据说是受到玉帝所贬之故。

被贬下人间的荼薇仙子来到杜丽春的花园，化作一株荼薇。杜丽春正精心料理着花，突然闻到异香扑面而来，不由得心里疑惑。他顺着香味寻找，发现在花丛中开了一朵从来没有见过的洁白而美丽的花，异香正是从这朵花散发出来的。杜丽春欢喜若狂，半跪半蹲地看着这株花出了神：这株花足有半人高，羽毛形状的绿叶衬托着洁白如玉的花，它的外貌似玫瑰花，芳香却胜过玫瑰花。啊！这不正是祖辈所传说天上才有的荼薇花？杜丽春高兴得跳起来。他连忙挑来最洁净的山泉水浇灌荼薇花，一边浇一边还喃喃地说："荼薇花呀，荼薇花，你要在我这里生根啊。"

从此之后，杜丽春便细心照料荼薇花。荼薇花也不负人心意，长得出奇旺盛。一天，突然从海上刮起一场罕见的台风，邻居的人家都急于加固自己的房子，杜丽春却在花园里忙于用青竹来固定花枝。头上的斗笠被风刮走，倾盆的大雨浇了全身，他都全然不顾。这时邻居匆匆忙忙跑来，对他说："杜丽春，你的房子快要倒了，还不快回去看看！"

"房子倒了可以重新盖，花倒了可不行呀！"杜丽春答道。

邻居见他"花迷心窍"，没有办法，只好打趣一声："你真是花痴！"

杜丽春的房屋真的被台风刮倒了，但他却搭了一个稻草屋顶来为荼薇花遮风挡雨。荼薇仙子被感动了。

在风雨的袭击下，杜丽春昏倒了。人昏倒了，但口里还用微弱的声音念道："荼薇花……"荼薇仙子实在不忍，急忙从花朵中走出来，把芳香的花露轻轻地洒在杜丽春苍白的脸上。杜丽春在昏迷中闻到花露的奇异香味，顿时苏醒了，他倏地坐起来，抹抹朦胧的双眼，只见身边站着一位美貌的少女，一双明亮的大眼睛水汪汪，妩媚艳丽，赛似天仙。杜丽春看呆了，竟然一句话也说不出来。许久，杜丽春才清醒过来，正要上前向那不知名的少女道一句感谢，谁知刚一转身，那个少女就向花丛深处走去，转眼就不见了。

从这以后，杜丽春发现这位少女每天都来花园帮助他栽花，可一转眼，又无影无踪了。这使杜丽春心里结下了一个解不开的疑团。

过了几天，杜丽春正想和少女攀谈，少女却羞答答地转过身，杜丽春怕她又跑掉，便大胆地伸手拉住她衣裙的一条飘带。只见她的脸色刷地变红，用力一挣扯断了飘带，就消失得无踪无影。杜丽春呆呆地站在那里，低头一看，手里拿着哪是什么飘带，却是一瓣荼薇花。杜丽春这才恍然大悟，心里的疑团马上解开了，原来这位少女是荼薇仙子。

　　杜丽春自从扯断荼薇仙子的飘带后，已经多日没有见到荼薇仙子，他日夜把荼薇花瓣揣在怀里，盼望着荼薇仙子再来。等呀望呀，等了近十天，荼薇仙子都没有出现。杜丽春真是度日如年，悔恨自己的鲁莽，又后悔自己当初没有拉住荼薇仙子。一天早上，杜丽春装着出远门的样子，实际上悄悄躲在花园的篱笆后。

　　荼薇仙子自从被杜丽春扯断飘带后，虽然责怪杜丽春太鲁莽，但杜丽春那忠厚、善良、勤劳的身影深深地印在她的心坎里。这一天，她见杜丽春没有出现在花园里，以为他是有事外出，于是，她又忍不住从花中走出来帮他料理花园。此刻的杜丽春正躲在篱笆后，耐心地等待着……渐渐地，宜人的香气变浓了，只见一朵较大的荼薇花蕾银光闪闪，花瓣慢慢舒展开，从花蕊里飘出一团紫气，一个拇指头大的少女从花蕊里走下来，由小变大，一瞬间变成一个美貌端庄的少女。这个少女正是杜丽春日思夜想的荼薇仙子。杜丽春高兴极了，他静悄悄地走上去，躬身施礼，之后一把拉住了荼薇仙子的手，请她原谅自己的鲁莽。荼薇仙子两颊绯红，羞答答地低头不语，杜丽春鼓起勇气说出了他对荼薇仙子的敬仰和爱慕。向往自由和人间生活的荼薇仙子，心里早已深深地爱上了这位忠厚、勤劳的花农，她望着花丛中双飞的蝴蝶，红着脸扑到杜丽春的怀里……

　　杜丽春和荼薇仙子成亲后，相亲相爱，日子过得挺美满。他们所种的花越来越多，特别是荼薇花，十分烂漫。荼薇仙子还教会了杜丽春用荼薇花酿酒、制花肉和花饼等，他们还常常接济穷苦百姓，并广传技艺，当地的穷苦百姓没有一个不赞扬他们夫妻俩的。

不料这件事传到了催花巫神的耳朵里去，他怎么也料不到荼薇仙子在人间的深山穷谷里过着幸福的生活，还泄露天机，教会人间种荼薇花、酿花酒、制花饼。他愤恨极了，决定拆散这对恩爱夫妻。这一天，催花巫神驾着乌云，气势汹汹地飞到了杜丽春的花园上空，往下一看，荼薇仙子与杜丽春正在相亲相爱地采花。催花巫神不由火从心头起，站在乌云上端，指着荼薇仙子直骂："妖孽，你违犯了天宫戒律，才贬罚你下人间受苦，怎知你私自与凡人成亲，还泄露天机，岂能轻饶！"

荼薇仙子听见空中吆喝声，抬头一看，原来是可恶的催花巫神，他的一番话气得荼薇仙子两眼直冒火星，她回答道："催花巫神，我已被贬人间，再不属上天管辖，你何必多管闲事！"

催花巫神的脸气得通红，举起雷锤电凿，射出了万道电光。荼薇仙子一来没有防备之心，二来道行浅薄，杜丽春是凡人更不用说了，他们俩都被万道电光击倒在地。催花巫神得意扬扬，跳下云头，指着倒在地上的荼薇仙子道："哼！这回叫你知道我的厉害！今限你在三个时辰内离开此地，到没有人烟的穷山恶沟里去；如果三个时辰后我再来，见你还在此，定将你俩击成肉酱！"说完，趾高气扬地走了。

荼薇仙子忍着伤痛，虽然救醒了昏过去的杜丽春，但却不知接下来如何是好。突然她想起年长智广的玫瑰仙子，便急忙摘了一株玫瑰花，握在手中向天祷告，请玫瑰仙子下凡搭救。不一会儿，紫雾缭绕，祥云飘下，玫瑰仙子来到花园。玫瑰仙子知道一切之后，马上脱下自己带刺的宝衣，"嘘"的一声，吹了一口仙气，一件宝衣瞬间变成了两件。她将宝衣分别送给了荼薇仙子和杜丽春，吩咐他们穿在身上，还俯在荼薇仙子耳边，教她惩罚催花巫神的计策，之后便飞回天上去了。

荼薇仙子夫妻穿起宝衣，全身的伤痛就立即消除了，如今的荼薇花和丽春花身上都有刺，传说就是穿了玫瑰仙子宝衣的缘故。过了三个时辰，催花巫神神气十足地来了。他见荼薇仙子还没有走，就恶狠狠地跳下云头，冲向荼薇仙子，谁知手一碰到荼薇仙子，宝衣的刺就发了神威，全都挺直，刺穿了催花巫神的手，接着就像千万簇利箭直插入催花巫神的身上。催花巫神被刺扎伤了全身，痛得在地上乱滚，最后动弹不得，只好趴在地上求饶。

荼薇仙子气愤地说："你作恶多端，害人不少，饶你不得！"

这时杜丽春在沟渠里打来了一盆污水，荼薇仙子将这盆污水"哗"的一声泼在催花巫神的身上，叫声"变"，说来也怪，催花巫神立即变成了一只面目可憎的蟾蜍，从此没脸返回天上，也没脸见人，只好躲在阴暗潮湿的角落里，人人见了都厌恶它。

过了许多年，人们再没见到荼薇仙子和杜丽春，都说杜丽春也成了仙。后来人们在他们的花园中还发现荼薇花的旁边萌发起又一株带刺的花树来，人们称它为丽春。丽春花枝自然伸到荼薇花枝中，两种花树相依相偎地长在一起，永不分离。

三人斗诗买菠菜

香山（今中山市）石岐河涌交错，在青云路与清溪路附近的河涌上，有一座清和桥。桥头有位老伯，天天在此卖菜，他为人老实、童叟无欺，而且时常笑吟吟，所以他的菜很快就卖完。

有天傍晚，老伯卖剩一把菠菜，正收拾东西准备回家的时候，忽然同时来了三个人：一个书生、一个和尚、一个姑娘，三个人都争着要买这把菠菜。老伯为难了：究竟卖给谁好呢？这位老伯平时喜欢吟诗作对，这时他灵机一动，笑道："别争了，你们每人吟一首诗，看谁的诗吟得好，我就卖给谁。"三个人都同意了，书生首先说："我是秀才，文才不比别人差。"和尚也说："我是个诗僧，吟诗嘛，小菜一碟。"姑娘亦说："本姑娘虽然未读过书斋，但在家中父母经常教我读书、写诗文，我也可以试试。"

老伯微笑着抓抓头：出什么题好呢？他无意中看到桥墩上写着"清和桥"三个字，啊，有了！他便说："你们每个人在'清和桥'中选一个字，并作诗说明为什么需要买这把菠菜。"和尚抢着说："我选'清'字。有水便是清，无水亦是青。去了清边水，加

争便是静。清清静静谁不爱，今晚豆腐滚（粤方言，煮）菠菜。"
吟完，伸手去拿菠菜。书生马上制止："别动，我还未吟呢！"他
选"和"字并吟道："有口便是和，无口亦是禾。去了和边口，加
斗便成科。科科登登谁不爱，今晚猪肉炒菠菜。"他以为自己一
定胜过两人，因此边吟边伸手拿菠菜。姑娘说："别急，还有我
呢！"这时她没选择了，只能吟"桥"字，于是便按照他们的韵律
吟道："有木便是桥，无木亦是乔。去了桥边木，加女便成娇。娇
娇哆哆谁不爱，今晚菠菜滚菠菜。"她不急着去拿菠菜，而是望着
老伯，待他评判。

　　卖菜老伯摸摸胡子笑道："你们三个都吟得好，但是这把菠

菜应该卖给这位姑娘。"和尚和书生都不服，老伯道："你们听我说。和尚你没菠菜也有豆腐；秀才，你还有猪肉哩！但是这位姑娘什么也没有，只等着这把菠菜下锅了，所以应该卖给她，哈哈！"

　　和尚和书生无言以对，只能眼睁睁地看着那位姑娘笑嘻嘻地把菜买走。